U0081837

似哲而非

橘牧／著
雨謙／繪

目次

Contents

一、饒了我吧小紀

紀緋覺得今天真是個值得慶祝的日子，當她打開網頁時，她差點尖叫出聲。

她之前抱著好玩的態度去參加的「傲日音樂創作大賞」居然得到了特優！

特優！

她看著信箱那封恭賀函，手指有些顫抖，回過信後，她又是一陣愣神。

她是個遊戲癡，除了打遊戲，偶爾譜個曲，這兩樣便是她生活中最大的調劑。

想當然爾，對於她來說，這兩個她最大的消遣碰在一起，那是何等美妙的樂章阿。

一陣電話鈴響起。

「小紀，恭喜妳喔，我看到了。」閨蜜的聲音從手機裡傳出，語氣洋溢著的喜悅，讓紀緋簡直能夠想見好友眉飛色舞的模樣。

「日音，我明天請妳吃飯，就這麼說定了！」她紀緋，身為一個月收三萬的SOHO族，平常倒是挺省吃儉用，此刻居然闊了一把。

請吃飯哪！這對於一毛不拔……不對，是勤儉持家的紀緋是多麼不易阿！

「這倒不用了，明天我們出去逛個街吧，很久沒有好好出門了呢……妳跟他……最近怎麼樣了？」蔚日音話鋒一轉，有點試探的問著。

「分了。」講到這件事上，紀緋高漲的歡欣鼓舞就像被澆了一盆冷水，迅速的沉寂下來。

「嗯，我有聽說，不過妳知道的。」蔚日音頓了頓，「很多事情我想要經過你本人確認。」

「我知道。」紀緋輕聲道，她不會怪罪朋友澆她冷水，相反的，她需要一個人好好聊這件事，「日音，開Skype，用網路說吧。」

「Yes sir，小的馬上去辦！」蔚日音歡脫的語氣又把紀緋逗笑了，她掛了電話，開起了她的語音軟體。

看見蔚日音的來電，毫不猶豫的按下通話，「小紀嗨！」

「白癡喔。」紀緋又笑了，她的好朋友總是能讓她不自覺的笑出來。

「嘿嘿嘿，好啦說吧，我一直都在。」蔚日音最後一句話的口氣特意加重，好似要提醒紀緋。

不管發生什麼事，她的好朋友，一直都在。

「嗯，事情說簡單不簡單……說難也不難。」紀緋的手擺弄著滑鼠，一邊點開了傲日的登入介面，一邊思考著，「簡言來說，我被他劈腿了，刺激一點的說法，他劈腿的對象是一個大學生，我以前的直屬學妹，她似乎很討厭我，於是想盡辦法靠近他，然後嘗試把他勾走，對我造成打擊。」

「諷刺的是，她成功了，靠床上功夫呢。」紀緋是一個很保守的女孩子，與男朋友最親密的舉動只有擁抱，雖然對方笑說不在意，但事實是——一個女孩子願意跟他滾床，他就會拋棄其實根本沒有多愛的原配，歡樂的跑去跟她在一起。

曾經的甜言蜜語，濃情蜜意，現在都只讓她感到噁心，對方一切的溫柔體貼，現在在她眼裡看來都只是為了讓她可以早一天對他敞開心房，好讓他吃乾抹淨。

「這種男人，妳又何必為他的離去感到傷心呢？妳應該感到慶幸，舊的不去，新的不來啊！」蔚日音此刻早就已經登入遊戲一陣子，一邊在野區閒晃著，一邊聊勝於無的清著小怪，現在是平日的早上七點，上課的上課，上班的上班，睡覺的睡覺，還真沒多少人有那個閒情逸致玩電腦，於是一周三休，周末加上禮拜三都休息的蔚日音，此時此刻正愁沒有熟人可以陪玩，紀緋的角色登入之後，她連忙語音叫道：「小紀小紀，來北羽，我要打材料可是沒人陪組。」

紀緋笑了笑，她的朋友就是這樣，嚴肅的語氣還不過三秒就破功，「等我一下，我在南闊，先回城中找傳送。」

「快點啊，我無聊一整個早上了。」蔚日音的角色，蔚音藍澈此刻被操縱至野區的樹下找片涼蔭乘著，蔚音藍澈其實是個男角，職業是弓箭手，那角色此刻搬了個小型的製藥台，開始研磨藥草。

「妳就先做妳的藥水吧，我還等著呢，我的特級抗毒劑妳可別忘了，市場上現在根本沒有，連黑市上都找不到，根本就是欺負我這無辜老百姓！」跟好友聊過天後的紀緋心情好上不少，即使他們僅是如往常一般的閒話家常。

「妳無辜老百姓？那我還成什麼啊，這藥材很難找妳知道嗎，前幾天在北羽邊疆的青森山還差點在岩壁上摔死，要不是有妳這種要單刷毒株守兔的瘋子，這藥根本用不到啦！」蔚日音叨唸著，一邊操作人物將藥材混和，放入一旁已經煮沸的基礎藥水中，拿著攪拌棒以固定速度攪拌著。

「好啦好啦，不是說會把裡面掉落的劇毒菇給妳當藥材嗎，單刷特定掉落的東西可多了，我需要裡面的邪惡樹骨融合出95％的中毒屬性啊，連黑市都沒有，真是瘋了。」一邊趕路的紀緋一邊跟著朋友扯淡，傳送陣不遠了。

「妳才瘋了，邪惡樹骨是單刷特定掉落，毒株守兔是現今最高難度的二十人本，得帶整整八個的純聖職系負責解毒，兩個奶媽負責補血，剩餘十個輸出跟坦，妳一個人怎麼刷我倒是好奇。」蔚日音將變成金色的藥水放到一旁的冷卻鍋冷卻，收拾著工作檯上的工具，取出了整整兩百個藥劑試管，一個個擺好在大型試管架上，角色動作的速度很快，因為角色的主人敲擊鍵盤的手指光速飛舞著，「妳到時候可要錄視頻給我看，當個見證。」

「我帶了兩百瓶特藍跟兩百瓶特紅，妳忘了我的包包被我融合了無限跟減重吧，我為了這副本可是重複在西疆單刷那該死的魔人之土，為的就是把包包的減重加到滿級，這樣我就可以帶著我囤超久的藥水進那副本了！」紀緋的語氣裡沒了最一開始的淡淡落寞，此刻她的語氣飛揚著，好似在訴說什麼值得令人開心的事。

「妳到底是多想要那隻木頭，中毒機率95%雖然很誘人，但是你手上並沒有值得讓妳浪費這根木頭的武器吧？」蔚日音將冷卻後的金黃色藥水取出，灑了一點黑色粉末在上面，約莫三秒，原本澄金透亮的液體變得黯淡，她操作著角色將橙色液體裝進一個個試管裡，而紀緋的角色已經傳送到了北羽城中，她依著蔚日音給的座標前進著。

「會有的，下下禮拜即將開放的傳說級副本，永夜之窟，單刷機率掉落傳說石，自訂外觀、職業，數值可微調，機不可失！」紀緋說的正是官網上正高掛著的廣告詞。

傳說級武器，這個名詞大家都熟悉，但取得過傳說級武器的人只有傲神榜上，最廣為人知的「傲神」與世長辭。

這名字取得不是很吉利，好像隨時咒自己死，但是這人的技術之高超，曾經達成競技場五百連勝的剽悍紀錄，至今無人能破，他所坐鎮的公會更是佇立於遊戲頂端的第一公會，「日升鶯鳴花遍野」。

與世長辭能獲得傳說級武器，就是在那五百連勝時，系統所發放的成就獎勵，但五百連勝對於一般玩家簡直是癡人說夢，雖然對紀緋來說也並非不可能。

她的角色名稱「緋色如紀」此刻正高掛在傲神榜的第二名上，ＰＫ的積分雖然看似和與世長辭差了不少，但事實上，她也曾經達過競技四百連勝的紀錄，紀緋這人什麼沒有，時間很多，加上從小就對遊戲癡迷，鍛練出了一手好技術，她這四百連勝，就是止在與世長辭的手上。

兩人那時的戰鬥錄像至今仍被廣為流傳，緋色如紀雖然輸了，卻輸得不難看，反而讓眾人開始崇拜起這個——

傲神榜上，唯一的女角色。

「我就說，只有妳這種瘋子，才會妄想單刷傳說級副本。」蔚日音取出了木塞，開始替藥水封罐。

「誘人哪，那個武器，我要定了，妳特級紅藍藥水記得再各做個五百瓶喔，副本開放前一天要，錢我再給。」紀緋舔了舔嘴，看見遠方正在忙碌的男性身影，一邊在心裡再一次盤算起單刷副本的計畫。

「饒了我吧小紀——」而那男角的主人，此刻正發出慘絕人寰的哀嚎。

二、副本：毒株守兔

「副會長妳要單刷毒株守兔？瘋了妳？」公會頻道裡正鬧嚷著，今日看見她們家副會長可是全副武裝，身上的極稀有裝備一件件閃得他們口水直流，但副會長從來不是個愛炫耀的人，她平常之低調的，總是穿著易損毀的粗布衣，拿著不起眼的破武器，反正高級裝備用著浪費，低級裝備穿著隨便，她寧願隨便也不想浪費，越高級的裝備維修費越貴啊，她寧願將這些錢省下來再跟好友買千瓶藥水。

「副會長瘋很久了，她正常過嗎？」有人很有膽的損著紀緋，不過她僅是笑笑，只見她手指如梭般在鍵盤上敲擊著，「我瘋出來的材料有一半不是被你們揀去了嗎？我不瘋了，自己的材料剛好夠。」

「啊啊啊啊啊副會長不要！您可是我們最敬愛的副會長！」有人跳出來救場了，開玩笑，他們副會如果以後都不給他們材料了，公會的製造師們要怎麼活啊，製造師如果沒那些超高級材料，他們這不滿五十人的小幫會恐怕就會失去平常的那份特別了。

「啊啊、小紀，妳不貢獻材料我就不提供妳藥水，妳別忘了妳整整兩千瓶藥水，我只算你一折。」蔚音藍澈也上線了，看見自家公會吵吵嚷嚷的，在螢幕前偷笑著。

「會長晚上好。」有人冒泡打招呼著。

「蔚老大晚安——」

「小蔚，你覺得我怕你啊？」公會眾人還把蔚日音當成男生來著，甚至有人擅自把她們兩個送作堆了，雖然她們根本不是。

「我覺得有陣陣陰風吹過了，錯覺嗎？」有人抖了抖，涼颼颼的，他們副會長的寒氣有點過剩。

「不是，我也感受到了。」某小玩家附和著。

紀緋此刻卻只是在公會頻道上刷了句：「我要進本了，不聊。」

「我的錄像，記得。」蔚日音如此敲了句，而紀緋馬上，「我開直播給你看，你來錄。」

「好恩愛啊會長。」

「我們這些單身狗的眼睛好痛。」

「我的鈦合金狗眼碎裂啦！」

「閉嘴。」看見公會眾人一般瞎胡鬧，蔚日音僅是敲下這兩字後，人便切出遊戲，點開了好友傳給她的網址，兩人順帶開了語音通話。

「我覺得妳的網路人格真的很嚴重。」紀緋不只第一次這麼跟蔚日音說著。

「妳知道的，不自覺就會自動切換成男會長模式。」蔚日音吐了吐舌頭，喬好了錄影軟體，確認網路超級暢通後，對紀緋道了句，「可以進本啦。」

「是是是。」紀緋人現在已經站在副本的入口前，引來大批玩家側目。

在傲日裡，組隊時會出現一個小符號在角色暱稱的旁邊，眾人一見緋色如紀站在這二十人本的入口前，沒有組隊，附近也沒有人，身上更是穿著他們一般玩家一件都盼不到超稀有裝備，讓人光看了就直流口水。

但她隻身一人出現在這，難不成是要……

緋色如紀動了，她那單薄的背影就這麼踏進了副本裡。

她要單刷！

多少人的心裡浮現了這道瘋狂的念頭，但是，真的可能成功嗎？

傲日的每個副本都有所謂的「單刷限定掉落物」，少部分是必掉，大部分是機率掉落，有些材料之稀有讓人垂涎三尺，但有些則是會讓人認為沒有爭取的價值，當然，這與副本的難度也有關係。

毒株守兔，現今傲日地圖裡被公認為最難以攻克的二十人副本，裡面的怪物全部都帶有極高的毒性，受到攻擊時中毒率百分之百，攻擊怪物時也有百分之八十的機率遭到毒性反噬，大部分玩家會特別帶有抗毒性的武器以及裝備，但也只能削弱，不可能百分百消除中毒。專職解毒的職業大多都是聖職系的，因此隊伍配置大多都會帶上一隊聖職加補師。

中毒如果沒有適當的解毒跟補血的話，死亡也就是幾秒的時間，因為毒株守兔副本裡的中毒效果是現今遊戲裡最強悍的，掉血遠比一般人想像中的快。

緋色如紀此刻在副本最一開始的小安全區裡，她先是喝下了一瓶橙色的藥水，人物介面左上方出現了一個五分鐘倒數計時，底圖是一個小小骷髏頭的符號。

這是多少人夢寐以求的完全抗毒效果，然而這全抗毒配方是蔚音藍澈自己調配出來的配方，還是蔚日音為了她那好朋友要刷這副本才特地花時間研究的，全大陸僅此一家，絕無分號，若是隨便擺一瓶放到黑市上賣，肯定能叫到天價。

「放心好了，我親自試過了，完全抗毒。」蔚日音看著好友角色躊躇了幾秒，她出聲道。身為整個大陸最不露山不顯水的宗師級藥師，她對於自己的藥還是很有信心的！

「好。」紀緋也沒廢話，手上的劍客衝了出去，仇恨範圍極廣的副本小怪此刻一窩蜂的上了，個個冒著黑氣不說，相貌也是十分猙獰。

緋色如紀現在的武器是她的倉庫裡目前最高敏捷的細劍，她一身也全都是加敏捷屬性點的防具，白色帶青綠的身形動了，蔚日音看得兩眼發直，畫面中的女性角色四周不僅是技能炫光效果紛亂，她出招的速度，她的走位，一時間居然在螢幕上出現了殘影。

這不僅僅是裝備加成的效果，螢幕前的主人的手現在想必也是以非常高速的狀態敲擊著，她甚至都能聽到耳機裡如狂風驟雨般落下的鍵盤敲擊聲。

她默默把自己語音軟體的麥克風關掉了，深怕自己這裡的一聲一響打擾到好友。

緋色如紀的攻擊仍持續著，好似從開始就沒停過，這還只是這副本的第一個小關，原本應該攤在二十人份攻擊的小怪，此刻紀緋一人全包了，她左上角的倒數進入尾聲，就在跳零的前一秒，倒數刷新。

無縫連接！

紀緋在攻擊其中仍不忘注意自己的血量及魔力，每次都在恰到好處的時候補上了藥水，她算得很準，絲毫沒有打亂自己的攻擊步調。

紀緋此刻呈現完全的主動，至今為止沒有一個頓點，好像完全不心疼自己的血量，紅色的血量條時上時下，看得蔚日音心也一跳一跳的。

細劍快成了光影，第一關的怪物在這樣反覆的節奏裡，終於是輾過了。

「手好瘆——」蔚日音聽見好友哀嚎著，她開了麥克風，「小紀妳剛剛很扯，超扯。」

那速度換她來她可敲不出來啊！

「我開始擔心傳說級副本的難度了，我等等還有四關。」紀緋哀嚎著，但是她仍操作著自家角色進入了第二關卡，紀緋這次明顯放慢了速度，她可不想成為打副本打到手抽筋的第一人。

「妳加油。」蔚日音跑去泡了碗泡麵，決定放鬆心情看著。

副本畢竟是副本，總是個制式的東西，打久了、熟了，對於技術好的紀緋自然就不太存在難度了，她用相同的方法緩慢碾著，找到訣竅後，神經也沒有那麼緊繃了，就這樣一路到了王關。

第五關裡只有一個BOSS，面對那青紫色的醜陋樹妖，她的精神忽然抖擻了起來。

這就是她想要的材料！

「如果沒掉給我，我一定第一個寄水果刀給該死的遊戲公司。」紀緋忽然陰惻惻的說了句，蔚日音還沒來得及回話，紀緋就帶著滿滿的殺氣衝了上去。

上挑，閃擊，突刺，翻滾……女孩此時完全爆發，一次帶走BOSS的意圖非常明顯，這副本最大難處，就在於毒，已經將中毒撇除在外的紀緋此刻簡直是隻脫韁野馬，毫不顧忌樹妖的攻擊，多少人夢寐以求的畫面啊，一陣暴打，還不需要去肉痛自己的中毒狀況，不用顧忌補師跟聖職的心情。

她現在什麼都不用管，只要記得補血補魔補抗毒就夠了。

當樹妖倒下，世界首先刷出了一條公告。

【世界公告】恭喜玩家緋色如紀單人通過「毒株守兔」副本，獲得稱號「以毒攻毒」。

世界譁然。

讚譽、訝異、忌妒、猜疑等等情緒都有，但是所有人不約而同的，是感到震驚。

究竟她是如何克服中毒的？沒有人知道，對於大部分玩家來說，完全抗毒還只是想望，一個難以達成的想望。

開掛的聲浪四起，但外掛在傲日已經杜絕很久了，傲日的掃掛系統尤其強悍，被掃掛系統抓到，絕對是永遠鎖帳的處分。

而紀緋此刻盯著那根一隻手臂大的木頭發愣。

這次的副本實實在在的打了一個半個小時，她無心去注意世界頻道，默默的將樹骨收進包包，開始清點她前幾關都沒注意看就撿起來的掉落物，還有單人首殺獎勵，內容物之豐厚也足夠所有玩家驚嘆了，紀緋撇了幾眼，心裡盤算完各種材料的用處後，心滿意足的切出副本。

出副本等著她的，是一個意想不到的私訊要求。

請求人：與世長辭。

三、簡直在比誰字少

世界仍鬧嚷著，滿滿的討論刷爆了頻道，就連論壇也是一陣洗板。

緋色如紀單刷毒株守兔！

她克服了中毒效果，到底怎麼辦到的？

僅次於傲神的最強女角！

所有人都好奇，都疑惑，都想知道。

到底怎麼辦到的？

「副會長威武。」公會頻的大家也紛紛恭賀著，但並沒有人感到特別驚訝。

副會長一旦要做，便會到手，這不是狂傲，而是他們的副會長就是如此。

她不會輕言她不可能做到的事情，但話只要一出口，絕對是抱持著百分之兩百的勝率，和百分之兩百的信心。

「謝謝。」紀緋先是簡單的敲了回應，才又轉回面對那個私訊要求，雖然很疑惑，但她還是決定先接受再說。

「緋色，約定記得？」與世長辭劈頭就來這麼一句，打字也簡約的要命，雖然紀緋知道他在說什麼。

那個止於四千連勝時，與世長辭與她相約要再ＰＫ一次，一決高下。

「還沒，再等等。」紀緋的腦袋又開始高速轉動，至少也得等她拿到傳說武器再說，否則紀緋就算技術再好，光是武器輸出上就被狠甩一大截，這能怎麼打？

「好了通知，我等。」與世長辭就這樣沒了下文，這名傲神在世界上可是出名的少話，遇到人連續叫囂都懶得回應，有時候看見他打超過一個字就不錯了，像今天這樣稍微多一點話，可是只有紀緋才有這待遇。

紀緋其實也納悶，不過就是個勝負嗎，自己輸了就輸了，與世長辭還覺得她沒認真打，希望她跟他認認真真的再打一場。

要認真？可以啊，至少等她把裝備上的差距給追回來嘛，她也不想打一場明知道會輸的比賽，就是要有勝率，才有贏的幹勁，才有打的價值啊！

「與世。」這次換緋色如紀發訊息給他，「交易。」

「什麼？」與世長辭的訊息也很簡單，這兩人現在簡直在比誰字少。

「羽緞，有？」

「有。」

「抗毒藥水，十瓶，換。」

「十五瓶。」沒有意外、沒有詢問，與世長辭早就在猜緋色如紀有什麼壓箱寶沒公諸於世，還真的有，人家既然主動找上門交換了，他也不排斥換點過來玩玩。

「十瓶，加王者之鎧。」紀緋再度叫價。

「成交。」與世長辭很快的回覆了，他看了看自己的位子，北羽城疆，離城中還有大把距離，於是他回應，「十五分鐘，北羽城中，可？」

「行。」

兩人開始朝北羽城移動，而當兩人聚首在城中的交易廣場，又是一陣注目跟一陣翻騰。兩大高手聚在這裡，是要來大幹一場了嗎？不對啊？打架就去競技場打，沒事跑來交易廣場搗什麼亂？

兩人互相見面之後，就也不多話，點開了交易面板，取了自己要的東西，便打算走人，兩人分別之後，又回到了以前井水不犯河水的情況。

本以為這幾天暫時都不會跟與世長辭說到話的她，卻在一則官網公告後，又是一陣掙扎。傳說級武器不是單刷掉落，而是雙刷掉落。

此時此刻，若要找一個實力堅強的搭檔，那麼與世長辭絕對是最好的選擇，但是傳說級武器，先不說這尊大神要什麼，就這個傳說級武器，難搞。

武器只可能掉落一把，況且有求於人的是紀緋，理應把這把武器讓他才對，但是她就是衝著這武器才打算闖的，若是得不到，那她去刷又有何用？

「與世，商量。」紀緋終於是硬著頭皮給人家去了個訊息，卻遲遲不見回應，只好先去附近小城租一個製作室，開始搞起她這幾天積累下來的材料，她先將邪惡樹骨給放到旁邊，取了幾個自己之前儲存下來的模具，開始打磨稀有礦石。

她一邊不甚專心的擺弄著電腦，一邊分神聽著電視新聞，但是所謂新聞，播過一輪後就一直重複播放著，今天的新聞還真沒什麼好注意的。

在她終於把八顆透著晦暗色澤的毒心石給打磨成一顆顆裝飾用的小珠子後，與世長辭回訊息了，簡潔易懂，一個問號。

「下禮拜的傳說副本，組隊交易。」紀緋說著。

「可語音？討厭打字。」對方大神忽然就這麼說了，紀緋恍然大悟。

搞不好這人不是話少，只是討厭打字。

「Skype？」

「嗯。」與世長辭與紀緋交換了對方ＩＤ後，兩人迅速通上了線。

「聽得見嗎？」與世長辭的聲音意外的很悅耳，偏中性的聲音竟讓人一時間難以分辨雌雄。

「可以。」紀緋回應，第一次與沒見過的男性網路通話，尤其是聲音好聽的男性，讓她有些緊張，「與世，有事想請你幫忙。」

「嗯？」與世長辭人這在爬山呢，傲日的第一角色就這麼在斷崖上一跳一跳，上面有他想要的材料。

「下禮拜的傳說級副本，我需要那把武器，我只要那把武器，其他的條件你隨意開。」紀緋也就不拐彎抹角了，她跟與世長辭打交道也不是第一次了，幾次來往大概了解了對方不喜歡扯東扯西，要說就說重點。

部分原因恐怕也是他懶得多打字跟你拐。

「妳要那武器是為了與我的約定嗎？」與世笑了笑，清脆悅耳的男聲再次響起，「那我不多拿，副本剩下的材料我要三分之二。」

紀緋沉默了。

就這樣？

「武器，我不缺，我手上這把我很滿足，錢，我也不要，因為我的錢已經在倉庫積灰塵了，而且持續增加，材料，妳有的，我也有，我沒有的，代表我不需要。」女孩剛剛一不小心把心裡話給叨念了出來，與世聽了如此回答著，「所以論交換條件，恐怕妳拿不出更多吸引我的東西了，那麼值得一提的，便是與妳的那場ＰＫ，我很期待，所以幫助妳獲得必要的武器，同時也是在幫我自己。」

「你在堅持什麼啊？到底有什麼好比的，我上次輸了啊。」紀緋終於把已經悶很久的疑惑給道了出來。

「妳是唯一一個，能和我打得幾乎平分秋色的人，可是妳那時沒有盡力不是嗎？」與世如是說，他站在頂端太久了，上面的風景是很好，但是再美的風景，如果沒有其他人一起欣賞，看久了也會漸漸顯得無趣。

他一直希望能出現一個可以打敗他的人，這樣他就會有目標，遊戲才會有樂趣。

「謝謝你。」紀緋道了聲，她想了想，又補了句，「作為交換，以後你的武器如果需要調整跟融合的話可以交給我，我的工匠等級已經達到傳說了，附帶的增益效果會比坊間的一般人還要高很多。」

她不喜歡做不對等的交換，就算占便宜的人是她，她也不允許。

「好。」與世隱隱也聽出對方語氣裡的不容拒絕，他勾起了嘴角，似乎多認識了這個女人一點。

「那天的晚上九點去刷可以嗎？」紀緋問著，她一邊將其他礦物拿出來打磨，融合。

「可以，但不能失敗太多次，我十二點前要睡覺。」男人此刻已經在打呵欠了。

「好。」紀緋看了看自己倉庫裡的藥水庫存量，有點苦惱。

看來得在那天早上開個分帳去研究一下這個副本了呢。

不然就算時間富足，她的藥水也禁不起三番兩次的大量消耗，她還得留部分備用啊！

「我可能要先去睡了。」與世長辭先出了聲，現在是晚上十點，對於紀緋來說還很早的時間。

「嗯，晚安。」兩人掛了電話，而紀緋繼續將心神放在工作檯上。

還有一堆防具配件要用，至少要先準備好，等到需要的時候才不會手忙腳亂。

「晚安。」清脆悅耳又帶有某種磁性的聲音，似乎還在她腦海裡迴盪。

她在想什麼啊。

四、與世長辭退會

紀緋此刻擺弄著她的小分帳，在永夜之窟的入口附近逗留著，讓她意外的是，與世長辭也出現了，而且是本帳。

Skype來了一條他的訊息，「想入非非，是妳？」

「你怎麼知道？」女孩一邊納悶，一邊接受了來自對方的交友邀請。

「猜的。」與世長辭的角色走了過來，私訊一邊道：「試副本？一起。」

紀緋愣了愣，感覺上對方似乎是上班族，大清早玩遊戲這樣不要緊嗎？

「不用上班？」紀緋問了問，還沒等對方回答，再敲了句：「你有沒有小號，死了會掉經驗。」

「正有空，有，等。」與世長辭的角色就這麼下線了，紀緋看著他的訊息，一邊抽嘴角。

是多不愛打字啊？

紀緋第一時間還看不懂對方的訊息，整整愣了三秒才消化完畢。

明明講話的時候這麼有禮貌，聲音也很好聽，但是打字就特別懶惰。

幾分鐘後，有個重戰士名為雨落紛紛，站定在她的角色面前，與此同時，遊戲外的通訊軟體也傳來了他的訊息，「雨落是我。」

紀緋回應知道了之後，兩人迅速加上了好友，組上了隊。

看起來超新手的一個兩人隊伍就這麼帶著破爛裝備，在眾目睽睽之下進入了今天開放的傳說級副本，永夜之窟。

永夜之窟，象徵無止盡的黑夜，明明是個洞窟，卻擁有自己的一片天空。

很久以前，這裡曾是世界的某個角落，光之精靈在這裡發現了一個洞窟，並將這裡打造成了自己的家，他把外面的天空切割了一小塊，搬進了這個他所喜愛的洞窟裡，下了重重的結界，並且種植了花草樹木，創造了河川，帶進了他喜愛的動物。

有一天，暗之精靈發現了這個地方，這裡的美麗令他動容，他也想要有這樣的家，但為純粹黑暗所凝聚成的他，沒辦法切割出如此藍澈的天空，也沒有辦法種植一般的草木，他落寞的嘆了口氣，欲轉身離去時卻遇見了光之精靈。

光之精靈發現暗之精靈喜歡自己的家，於是慷慨的重拓了這個空間，分了一半給他，邀請對方與自己同住，兩個精靈很快成為了摯友，每天琴棋書畫都與對方一起，就這樣子，兩人過了好一段快樂的日子。

但時間一久，兩精靈發現了一個問題，光之精靈的白漸漸被暗之精靈的黑暗所侵略，這個乾淨美麗的空間正在慢慢崩毀，而光之精靈因為長久與暗之精靈同住，身體狀況也在不知不覺中漸漸下滑，等到兩人驚覺，光之精靈的身體已經變得很虛弱了，到最後，光之精靈因重病而加速衰老，死去，暗之精靈則在埋葬了自己視為生死之交的好友後，整日沉浸在自我懊悔裡。

漸漸的，純粹的黑暗染上了自悔、與仇恨，他恨自己害死了自己最好的朋友，他恨自己為何生來就是暗之精靈。

暗之精靈最後扭曲成了強大異常的魔物，開始在四周村落作亂，使得當地居民死傷無數，在這時，創世法師出現了，但卻無法將暗之精靈完全抹殺，只好將他封印在原本的洞窟裡。

經歷了長久的物換星移，封印的力量漸漸衰弱，外人推測這個擁有恆久生命的暗之精靈將會執起大刀，準備衝破這個已經脆弱得不堪一擊的結界，世界主擔心近千年的苦悶生活會讓暗之精靈的兇性大發，而阻止暗之精靈出來作亂，便是他們這些冒險者的任務。

這個背景故事紀緋看完後儘管有無數個吐槽，但也沒興趣繼續鑽牛角尖，管他精靈是魔物還是什麼，為了傳說級武器，輾過去就對了。

兩個人刷進了副本，還無暇觀看四周一片漆黑的景物，一進副本馬上就一個攻擊接踵而至。

沒有安全區？紀緋心裡喀登一聲，手下很快就是一個翻滾，順便轉動視角看了看自己隊友是否安然無恙，雨落紛紛人果然好好站在另一邊，他手上大劍一揮，馬上將那個先發制人的小怪給掃到一旁，但這尊大神此刻失算了，這個技能本應該附帶的擊退效果居然只發出原本威力的三分之一，小怪只退了一步便又返回來攻擊，紀緋此刻也無暇顧及他，因為另一隻小怪也纏了上來。

本就是屬於速度型的紀緋所製造出的擊退一定是比雨落紛紛還弱的，對於眼前的小怪更是可以說不存在，而如雨點般落下的攻擊對小怪來說也不痛不癢，紀緋好一陣折騰，才終於是幹掉了這小怪，而另一邊的大神也是才剛解決掉他手邊的小怪，幸好這附近好像只有這兩隻小怪，兩人稍微喘息後，補了下魔力與血量，兩人最後還是決定互通語音，不然依照剛剛那樣措手不及的樣子，實在是沒什麼時間抽出手打字。

「看來這副本除了小怪戰鬥力大幅提升外，還多了一份出奇不意。」在兩人準備繞進下一關卡，又被忽然衝出來的兩隻黑化松鼠給嚇到之後，與世長辭本人得出了這個結論，尤其這副本的小怪一隻就要花將近十分鐘消滅，他們倆的小號此時血量已經要見底了，如果他們開本帳來，情況或許會再好一點。

兩人頂著不到百分之三十的血量踏入第二關，不出所料，不到五分鐘就陣亡了，副本死亡會掉微量的經驗，兩人白光一閃，出現在附近的復活點，兩人商議了一下，決定再多刷個幾次。

經歷過一次後，兩人稍微沒了一開始的手忙腳亂，一共耗費了四個小時，又刷了五次，而這五次的最佳結果便是推進到倒數第二關，雖然沒能闖進BOSS關，但副本所需要的藥水量，裝備的最佳配置，兩人心裡都有底了。

而四周玩家當然也注意到了這兩個不顧死亡懲罰不停刷進副本的角色，正議論著是哪路大神開小號來研究副本，畢竟這也算是傲日的文化，要研究副本一定是登入分帳來研究，損失相對不會比本帳慘痛。

而這傳說級副本的特定掉落物的確很誘人，也不怪會有人第一天就雙雙開著小號來測試，但看這兩人打了這麼久，感覺似乎不太順利啊？首殺已經被第一公會給拿下了，雖然那個首殺拿的也極為不易，但不得不說，這傳說級副本還是挺能激起各路玩家的征服慾的。

「今天麻煩你了，還讓你耗一個早上陪我探查。」紀緋有些不好意思，自己是SOHO族，而她今天還是特意排出了空檔，但對方跟她不一樣，正常來說一般人上班要是這樣打遊戲恐怕先是被主管噴死了，哪還像紀緋這樣悠悠哉哉？

但紀緋主要還是小看了這個與世長辭，這人就算一天不到公司，也不會有人敢多說什麼。

「沒關係，我這裡好應付。」與世長辭笑了笑，忽然聽見自家辦公室有人敲上了門，他連忙對紀緋說了句，「先下。」

電話就這麼掛了。

紀緋隱約有聽見敲門的聲音，知道對方是去忙了，看時間已過了十二點，連忙出門去覓食，然後開始研究自己該如何配置裝備，藥水一趟帶多少最保險等等。

紀緋這一忙起來居然就是兩個小時，她一邊訝異自己的入神之外，跑去拿了瓜子啃，聊勝於無的打開論壇，隨即看見熱門帖子有個斗大的標題，她愣了愣，點開了那個帖子。

這帖子發出的時間是昨天晚上八點的事了。

「第一公會會長和與世長辭世紀大翻臉？」

日升鶯鳴花遍野是傲日裡眾所公認的第一公會，而帶領這公會走上巔峰的人，除了創辦人『夜落烏啼霜滿天』外，絕對少不了這個關鍵人物，與世長辭。

但就在今天的晚上七點，與世長辭忽然退了公會，似乎是和夜落烏啼有什麼過節。究竟發生了什麼事情？

有日升內部人員截圖解釋了一切。

「長辭，明天早上的搶殺你帶隊。」會長首先點名了大神，與世長辭。

「我不要。」與世長辭在公會頻道敲下了這句話。

公會頻道忽然安靜了下來，因為在以往，他從未拒絕過。

「為什麼？」

「我沒有這個責任，為什麼要？」與世長辭難得得沒有省字，但他的回答讓眾人心裡一涼。

「你有責任，因為你享用著公會資源。」夜落烏啼有些冒火。

「你確定不是你享用著我提供的資源嗎？」與世長辭的話裡雖然帶著刺，卻沒有人反駁。因為這是事實。

眾人沉默了，的確，沒有人能夠使喚他去做事，因為這個公會的材料倉庫，有大把資源都是與世長辭無條件提供的，每一個副本的時間紀錄，首殺紀錄，只要是日升奪下的，都會伴隨著與世長辭的影子，簡言之，這個公會能走到這地步，與世長辭是不可或缺的一個因素，為什麼強者們會加入這個公會？因為與世長辭在這裡。

「你是不是有點太自以為是了？夜落，說白了，是你需要我，而不是我需要你，你今天卻指責我不應該，我本就有拒絕你的權力，我有說錯嗎？」

不，他沒有說錯。

夜落烏啼聲怒了，雖然他本沒有生氣的權力，但長期待在高位的他早已習慣所有人都順從他的指示，與世長辭今天卻狠狠掀了他心底的那片疙瘩。

這個公會可以沒有他，但不能沒有與世長辭。

所有人會加入這個公會，是因為與世長辭，不是因為他。

所有人會聽他的話，只是因為與世長辭聽他的話，所以才跟進的。

他就是不願意承認這一點，他的自尊不允許。

「哼，那麼你可以走了，慢走不送。」

這是多麼自視甚高的口氣，讓與世長辭在螢幕前面勾起了冷笑。

「希望你不要後悔。」與世長辭敲下這一句後，果斷退會，沒有絲毫眷戀。

對他來說，這個公會只是個包袱，裡面的人他沒什麼特別的交情，平常的他一向是獨來獨往，也只有在需要紀錄的時候才會和人組隊，實在是沒什麼好留戀的。

紀緋看完這帖子後，才忽然想到，其實他今天早上不應該與自己廝混的，因為大公會通常都會在副本開放的時候集結人手衝擊副本首殺，如果是平常，與世長辭人應該是跟著隊友群刷副本，而不是一個人在附近閒晃。

他認為自己沒有責任替公會刷紀錄，但是為什麼今天早上他卻無條件的和自己瞎耗呢？

紀緋百思不得其解，最後果斷放棄思考，反正這也是他的事，她不需要去好奇這麼多。

她伸了伸懶腰，決定先去洗個澡，順便思考更好的副本方案。

五、自己找不到對的方法，怪我嘍？

晚上八點，兩個人像早上一樣組上了隊，各自都帶上了研究過的裝備，這時候堵在副本門口的人多得讓人寸步難行，兩人的暱稱在廣大沙丁魚的掩護下，真是一點都不需要擔心被注目，而且經過早上的折騰，兩人此刻當然是希望能夠一次通過，畢竟副本難度就擺在那裡，兩人要拿下還是得耗費十成十的心力，不可以疏忽才行，不然次數一多，只會造成越多的紕漏而已。

很快的，依照早上先演練過的步調，兩人無礙的推進到了倒數第二關，當兩人耗費整整五十分鐘消滅完倒數第二關的二十隻小怪後，他們各是長出了一口氣。

累人啊真是。

「準備好？」文字泡自與世長辭的頭頂浮出，他剛剛才伸展了下自己的手指，堅持高難度操作還是久久這樣一次就好，不然對手指不好。

「再等我一下，我手痛。」紀緋這裡倒是真的不太樂觀，她的操作一定得要快，因為她是玩速度，不玩傷害，如果她不快，最後會因為節奏太慢而無法發揮出角色實力，只會讓紀緋越打越吃力。

「慢慢來，不急。」與世長辭大概也知道對方為什麼會手痛，很人性的道了句，反正這一區的小怪都已經清除完畢，在踏入下一個關口前是不可能再有什麼意外了，最後一關他們從未踏足，自然是將狀態調整到最好才能夠應付更多無法預料的情況，他索性在旁邊拉了個小視窗，逛起論壇來了，一看見自己退會的帖子在熱點上，一陣苦笑，也不打算點開來，反正他已經脫離了公會，隨便別人怎麼說，都與他無關了。

「好了。」緋色如紀頭上浮了個文字泡，與世長辭瞥見主視窗裡有動靜，人也就轉了回來，回敲了句，「那開始吧。」

紀緋這裡終於是活絡了自己的手指，她還跑去熱了一杯水握了三十秒，但想到有人在等也有些不好意思，迅速暖了暖手後馬上回到座位上，透著一層螢幕，紀緋不禁猜想另一頭的人長得是什麼樣子，現在又是什麼樣的表情。

紀緋當然不可能問出口，兩人帶著有些緊張的情緒就這麼刷進了最終關，而象徵終極BOSS的暗之精靈此刻正坐在一個由黑色水晶堆疊而成的小山上，勾著一抹極為邪佞的笑容，輕蔑的視線宛如將兩人視為螻蟻一般的存在。

一般的小隊此時應該是直接先讓防禦力高的職業建立仇恨，於是會一進門就先讓防高職業搶攻，其他人之後才跟進，但與世長辭與緋色如紀兩個角色卻沒有急吼吼的上去攻擊，畢竟人家現在也沒動手，能多觀察一會兒便是一會兒，他們有的是耐心。

耳機裡傳來暗之精靈的輕輕哼笑，男子從水晶上跳了下來，耳機裡傳來的語音讓人不禁一愣，「你們只有兩個人就殺過來了？真可謂勇氣可嘉。」

「你們穿過了那層可有可無的結界，是要來嘲笑我這個害死朋友的兇手，還是想得到什麼？」

兩人此時皆是一愣，因為他們兩個人的眼前出現了三個選項。

「來又如何？我們只不過是來阻止你出去搗亂。」

「就是來笑你笨的，打我啊？」

「我們迷路了。」

三個答案都讓紀緋無限吐槽，但兩人在遊戲外交換了一下意見後，選擇了看起來比較安全的選項。

「我們迷路了。」畫面中一男一女這麼開了口，紀緋有些訝異，現在這是什麼設計啊這是。

暗之精靈先是鄙視的看了兩個人一眼，手一揮，憑空出顯了三張椅子和一張桌子，「陪我喝茶，喝完就放你們走。」

電腦前兩人一陣風中凌亂，這又是什麼展開？

傳說級副本不帶這樣玩的吧？

兩人在螢幕前的表情一樣精彩，但基於有可能避免掉一陣打鬥，兩人還是乾脆的按下了答應，然後就在螢幕前發呆了五分鐘。

「這有點太……悠哉了吧？」紀緋跟與世長辭這麼說著，而對方回敲了一句，「小心後招。」

言下之意，還是要防備一下，以免那個頭殼壞掉的暗之精靈發神經直接大招秒殺他們，GAME OVER結束。

紀緋也覺得有可能，於是又開始盯著螢幕發呆，放空了整整十分鐘之後，暗之精靈的聲音再一次的從耳機響起，「我有個請求。」

「請問你們是否能將我好友的身體帶回他應該的地方？我的黑暗氣息雖然已經很克制著不要汙染到他四周的土地，但是對他來說，或許回去祖地安眠是對他最好的選擇。」

【系統】恭喜玩家觸發隱藏任務，暗之精靈的摯友，請問是否接受？

然而任務獎勵卻是問號，兩人討論之後依然決定接下這個任務。

「謝謝你們，如果完成了，一起捏碎這顆水晶，你們會直接回到這裡。」

所以其實暗之精靈根本不是壞人是嗎？所以故事設定的腦殘世界主自以為他變得更兇才使喚他們這些人去砍他嗎？

紀緋面無表情的在心裡無限吐槽，但在兩人出了副本之後，才驚覺其實副本還沒有結束。

所以這個隱藏任務也是副本的一環嗎？

兩人討論過後，決定到暗之精靈口中的祖地一探究竟，任務還很貼心的給了座標指引。

「坐，一起。」

「什麼？」

「坐，一起，去。」

「什麼？」

「坐，一起，去，任」

「我想我們還是用講的吧。」在第三次紀緋看不懂與世長辭在打什麼之後，紀緋無言的和與世長辭開了通話。

「你到底是多不愛打字？」紀緋忍不住對男人拋出了疑問，有必要省成這樣嗎？

「非常討厭。」與世長辭瞬間回答。

「所以你剛剛要說什麼。」紀緋的口氣趨於無奈，這大神好像不太靠譜啊？

「我說，你跟我一起坐飛行系坐騎到任務地點。」與世長辭在遊戲介面叫出了他的坐騎，是罕見的雙人乘坐飛獸。

到底誰能從那些見鬼的訊息分析出那麼一大串，這世界上到底有誰看得懂與世長辭打字！

「怎麼了？」似乎隔著一層螢幕都能感受到紀緋的深深怨念，與世長辭忽然這麼問了句。

「沒事，那走吧。」紀緋按下了同乘邀請，兩個角色迅速在飛龍的帶領下飛至雲端上，而紀緋看了眼系統預估時間，還有五分鐘才會抵達目的地。

「你退會之後，你要怎麼辦？」紀緋啃著零食，一邊含糊的問著。

「不怎麼辦，恐怕我還輕鬆點，一開始還是新手的時候也就是隨便找了間公會進去，沒什麼革命情感。」言下之意，就算退會對他也沒有多大的影響，「或許在外人眼中我走得很無情，但對我來說，這個公會從未帶給我什麼值得惦記的回憶，我在裡面也只是個破紀錄好用的高手，會給他們材料的大神，僅此而已。」

沒有人是真心想要跟他打交道，所有人接近他，只是因為有利益可圖。

「是這樣啊……」紀緋頓了頓，「我跟你很像，又不一樣，我待的公會很小，也沒什麼壯大的野心，他們用的很多材料也都是靠我去打的，不過副本紀錄倒是從未想過染指，五十幾個人平常熱熱鬧鬧，關係也都挺好。」

「妳怎麼選公會的？跟我一樣隨便點？」

「會長是我的好朋友。」紀緋淡淡笑道，想當初蔚日音說了一大長串要她進去，生怕自己不願意。

與世長辭沒有再追問下去，結果紀緋忽然給他來一句，「怎麼？缺公會的話我大發慈悲收你入會，如何？」

搞得好像與世長辭哭著求她一樣，與世長辭不禁失笑，雖然這語氣聽來是如此的不可一世，但他並不討厭。

「那還請妳老大行行好，給我個家？」與世長辭難得俏皮的在遊戲裡放了個眨眼的表情，紀緋愣了愣，她是說玩笑的，那與世長辭是開玩笑嗎？

「認真的啊？」

「嗯，但不要逼我吐材料。」與世長辭故作嚴肅，讓紀緋輕輕的笑了。

誰知道，玩笑話說著說著就釣到了傳說大神了？

「那等我們過完這副本就拉你進去吧。」紀緋語帶笑意道，兩人迅速朝任務地點移動著。

「感謝您的大恩大德。」與世長辭又在遊戲裡發了個膜拜的表情，讓紀緋有些恍然。

在一年前，這樣的互動似曾相識。

「娘子您就放我入會吧？」

「那我就大發慈悲的讓你進來吧。」

「感謝娘子的慈悲胸懷ＸＤ」

紀緋搖了搖頭，像是要把那段回憶甩掉似的，她深呼吸了一口氣，盪漾著一波波漣漪的心湖好不容易平復了下來，她看著螢幕，在不知不覺間任務地點已經近在咫尺，兩人找到了精靈長老，廢話一堆的交代完任務，拿到了一封要回交給暗精靈的信後，兩人捏碎了水晶。

兩人一邊打著呵欠一邊看著畫面轉回那個天空是全黑色的洞窟，不管是大神還是小蝦米，對於跑堂任務都是倍感無趣的，兩人此時都已經有點無精打采，而暗之精靈已經不是坐在水晶座上，他現在正靠在洞窟的岩壁，有些恍然的看著這片被他所染黑的天空，一見兩人依約回到洞窟，他勾起了一抹笑，兩人的耳機又傳出了暗之精靈的嗓音，「謝謝你們願意替我跑這一趟，其他人一進來對我就是喊打喊殺，要委託那些人恐怕沒什麼指望。」

「看在你們並不打算找我碴的份上，這幾樣東西就給你們吧。」

【世界公告】玩家與世長辭，緋色如紀雙人通過永夜之窟。

【世界公告】永夜之窟雙人限定獎勵已經關閉，請各位玩家注意。

兩條訊息在世界上刷出，很快的便淹沒在眾人的熱烈討論中，而兩位事主早就把世界頻道給屏蔽掉了，他們現在看著系統發給他們的獎勵看得兩眼發直。

「出乎意料的豐厚。」還是與世長辭見過世面，他現在還淡定的能說話，而紀緋愣愣的看著螢幕上的獎勵，一時間竟找不回自己的聲音。

「我拿到了兩個傳說石，三株傳說級蠶絲草，五十點技能點，妳的一樣嗎？」與世長辭稍微點過了自己拿到的物品，問著。

紀緋點了點頭，忽然想到對方隔著螢幕是看不見的，尷尬的回了聲，於是又開始發愣。

傳說石，是任何一個玩家，尤其是副修工匠職業的玩家聽到都會口水滿地的頂級材料，一顆傳說石可以打造出一項傳說級裝備，而且在系統強大的保證下，成功率是百分之百，型體全由玩家自行設計，素質肯定會比一般武器還要強，但是各項數值的優劣主要還是要看工匠的等級和操作技術，一個步驟錯了，做出來的東西不會失敗，但性能終究是有差的

紀緋，正是一個頂尖的傳說級工匠，誰知道她盼了這個傳說石盼了多久？

她小心翼翼的將那兩顆石頭給收了，終於是願意給世界頻道賞了賞臉，訊息現在一秒十幾條，所有人除了羨慕嫉妒，恐怕還有部分人恨得牙癢癢，因為剛剛系統公告，雙人限定掉落已經關閉，代表其他人再也沒有機會獲得所有人夢寐以求的傳說石。

「兩大神聯手了……奇怪，他們不是有仇嗎？」

「不啊啊啊啊啊啊，我的機會！」

「緋色如紀單挑！我要求單挑！」

「樓上閉嘴，小心被秒。」

瘋狂刷動的世界頻道盡是些沒營養的對話，紀緋想起一旁的與世長辭貌似是在等她，「你等等什麼計畫？」

「大概就去睡了，我不習慣熬夜。」與世長辭的聲音聽起來已經有些倦了，而紀緋對他道了句：「我也差不多要下線了，今天……謝謝你。」

「謝什麼？至少我也拿到了與妳同值的任務獎勵，就當做是一個單純的組隊，不要想得太複雜，我先睡了，晚安。」

「晚安。」紀緋回應之後，掛掉了語音，也退出了遊戲，開始去找永夜之窟目前為止眾玩家對於BOSS的描述，在翻過幾篇帖子後，她不禁慶幸自己和與世長辭當時沒有一入門就開打，因為截至目前為止，她看到的帖子一篇篇都不停的贅述暗之精靈的技能有多變態，血有多厚，防禦有多高，二十人整整拼搏了一小時換來的可能是失敗，而且沒有任何一個隊伍在BOSS關卡能全員倖存，少說都得死上五、六個，一堆人客訴系統這個副本BOSS太BUG，換來的卻是官方令人吐血的回答。

「自己找不到對的方法，怪我嘍？」

他奶奶的，我要寄水果刀給那個該死的遊戲公司，幾乎所有看見回覆的玩家都不禁在心裡咒罵著。

但紀緋看到這個回覆，僅僅是莞爾。

或許遊戲公司只是想要告訴玩家們，不是任何事情都能用拳頭解決吧。

六、我只是來打醬油的

「妳說皇耀想聘妳當傲日的音樂設計？」蔚日音叼著吸管，瞠大了眼，對於這個消息非常的訝異。

「不是直接簽，說是要面試什麼的。」紀緋擺了擺手，神色中帶著淡淡不耐，「可不可以直接拒絕，對於要到辦公室定點蹲的工作實在沒什麼興趣。」

「又來了，妳看看妳，頂尖藝術學院畢業的超級才女，明明能在音樂設計這方面得到很高的成就，但現在卻在我面前唾棄月薪七、八萬起跳的生活，瘋了。」蔚日音毫不留情的送她一個白眼，沒辦法，誰叫紀緋就是這麼欠人白眼。

「不是啊，這樣子我就要被死死綁公司，然後我就不能過著爽玩遊戲就玩遊戲的生活了，不行，我不能接受。」紀緋一臉厭惡，她就是熱衷於自由，才會選擇當SOHO族，或許收入不穩定，但還不至於不能滿足自己的需求，對她來說，那種綁死死的辦公室規律生活，給她再多錢她都不幹。

「妳不去面試，怎麼跟人家討價還價啊？去了或許可以討到一個你想要的工作方式之類的，總比不去好，反正面試不代表妳一定要去那間公司啊。」蔚日音看見好友就要放棄這個大好機會，不禁有些惱怒，她癟了癟嘴，「去了只有好處，沒壞處啊！」

「妳講的倒簡單，堂堂一個超知名遊戲大廠，可用不著對我這個小蝦米低聲下氣請我來，反而小蝦米要跟他們討價還價，怎麼想怎麼不妙。」

「就試試，試試嘛！」

「再說。」紀緋搧了搧手，又好像想到什麼似的，「日音，告訴妳一個好消息。」

「嗯？」蔚日音的透明吸管內，琥珀色的液體上上下下，蔚日音玩著呢。

「我把與世長辭拖來我們公會了。」

蔚日音差點把飲料噴了，她及時放開了吸管，否則只怕自己一個喘氣，嗆到那就不妙了，「小紀，今天不是愚人節！」

「我當然知道。」紀緋對於好友的大驚小怪感到不以為然，「不就是個與世長辭，妳激動什麼？」

「不就是個與世長辭？我的天啊，妳三觀是多崩壞啊妳？與世長辭！傲神！要進我們這個不到百強的公會？妳在說笑。」

「不信啊？告訴妳，我今天晚上就把他弄進來。」後天還要找他ＰＫ呢，紀緋順便在心裡補了句。

「哼哼我等著。」蔚日音把自己的紅茶一乾而盡，她搖了搖空杯子，「那我先回去啦，下午有課要上。」

「再見再見。」紀緋搖了搖手，待蔚日音人走了之後，她從電腦包裡拎出了筆電，戴上耳機之後，開始進行她未完的工作。

晚上。

紀緋人才剛回家，身為只要帶著筆電就能在任何地方工作的設計工作者，時常在外頭待到晚餐吃完才回家，現在已經是晚上八點，她將隨身物品收拾整齊後，連忙去洗了個澡。

出了浴室的紀緋，也沒有打算將頭髮吹乾，她僅僅是用鯊魚夾隨便夾起了一個馬尾，毛巾蓋住了頭髮，人就黏回了自己的電腦椅上，開機後第一件事就是點開遊戲。

「與世，我拉你？」她一邊朝離她最近的小城趕路，一邊給線上的與世長辭去了訊息。

「嗯。」與世長辭簡潔的回答。

紀緋讓人物設置了自動趕路，點開了公會系統，下一秒，世界頻道上閃出了一條訊息。

【公會】緋色如紀邀請與世長辭加入公會。

【公會】與世長辭加入公會。

【世界公告】玩家　與世長辭　加入了公會餘音繞梁。

「我操不是吧？副會長您老大開我玩笑？」公會頻道的眾人鬧騰起來了。

「拜大神！」

「副會長，你們該不會有一腿吧？會長他要怎麼辦啊！」

「會長當面被戴綠帽啦……」

「副會長您好狠的心。」

與世長辭看著這些帶著玩笑的奚落，忽然心裡有些不是滋味，原來對方已經有對象了嗎？

「別聽他們亂說，我跟蔚音不是那種關係，好朋友而已。」紀緋有些無奈的在公會頻道裡敲下這一句話，又道：「你們別亂了，我跟與世長辭也只是朋友而已。」

「就是，以後沒人嫁我。」蔚音藍澈冒泡。

「你嫁給別人差不多。」紀緋習慣性諷刺了句，與世長辭則緩緩敲下了三個字。

「你們好。」

「嗚喔喔喔喔喔喔大神說話啦！」

「拜大神！」

「大神安安。」

「大神您怎麼忽然進了我們這小公會啊？」

「他進來混的，你們可別指望他。」紀緋一邊偷笑，一邊說著。

「我來打醬油的。」

眾人絕倒。

大神就是大神，打醬油打得這麼有氣場，服了！

既然人都表明是來打醬油的，身為一個沒野心的小公會，眾人也就沒打算去糾纏大神，只是熱鬧了會，大家便繼續做自己想做的事，而緋色如紀人已經到了離她最近的小城，連忙找了匠鋪，租了一個工作台。

紀緋操作著人物拿出傳說石，又拿出了早上弄好的草圖跟模具，開始進行加工。

兩棵傳說石先是被她熔成了一塊，又混進了其他礦物，入模……

紀緋此刻，神情都專注在電腦上，手極有節奏感的操作著。

傲日裡的所有生活系能都是需要靠繁複的操作才能建立起來的，藥劑師、煉器師、廚師、煉丹師，甚至是農夫，操作都是有要求的。

而操作最為繁複的，便是俗稱工匠的煉器師。

所有模具都必須自己開模，所有材料的形狀都必須手動打磨，也就是說，如果有一天你在將一個礦石打磨成水滴鑽形狀，忽然打雷，你手一抖，出來的東西恐怕就毀了。

身為一路苦熬過來的紀緋在這種事情上特別有感，所以她一向都會挑個風和日麗，無風無雨，安寧祥和的夜晚幹這活。

意外實在是太容易發生了，如果毀了這一組傳說石，她紀緋可擔不起啊。

好不容易將目前看來是一把細劍樣的東西脫模，按了暫停後，起身喝水休息，回頭再戰。

一個半小時後，女孩坐在電腦桌前長出了一口氣，剩下最後一個步驟了。

鑲嵌。

這部分就沒有那麼緊張了，該挖的洞，該磨的石頭在剛剛都已經搞定，只是把石頭鑲嵌在細劍本體上，應該不至於發生什麼因為鍵盤按太大力，所以石頭被捏碎這種事吧？

應該……應該不至於吧？

紀緋想了想，忽然覺得有點怕。

她幹嘛沒事胡思亂想嚇自己啊，紀緋不禁抱頭。

給自己再三的心理建設後，紀緋打起十二萬分的精神開始將石頭一顆顆嵌上那把藍綠色細劍的基座上，六顆屬性石、六個屬性，成功嵌上。

紀緋手一推，滾輪椅後退，她整個人癱在椅子上。

即使她再喜歡工匠，也不禁對於傳說石豎白旗，這對心臟真的不是很好，還讓人精神嚴重衰弱。

但是……

「該看還是不該看呢。」紀緋掙扎著，現在她的電腦上已經顯示出了這把劍的基本資料，但紀緋現在離電腦有一小段距離，電腦上的小字她根本看不到。

「看吧。」紀緋咬牙，往前一探。

四周忽然暗了下來，連帶電腦也跟著黑屏，紀緋愣了愣。

停電？

她從口袋裡掏出了手機，開了手電筒，憑著這點光出了自家的門，發現住在隔壁的大學生也探出頭查看。

「紀姐，好像停電了。」目前還是大二的男學生對著紀緋這麼說著。

「嗯。」紀緋淡淡的點了點頭，「小賦你能去機房看看情況嗎？」

「嗯，我跟室友下去看看。」被喚為小賦的男學生朝房裡叫了聲，兩個人提著大手電筒跟工具下樓去看狀況了，而紀緋則回到房裡，在黑暗中發愣。

理論上如果不是什麼大問題，那個電機系的鄰居應該不會弄不來，情況再糟頂多今天都沒電吧，也沒關係。

一邊這麼想著，紀緋一邊慶幸自己一回家就給筆電充電，她的小筆電現在電量滿格，尤其她的筆電充滿電後可以撐將近一天，所以她今天晚上還是可以玩她的遊戲。

她先是給筆電插上了網卡，登入了傲日，一邊慶幸這次停電來得晚，再早一點的話，她的那把傳說武器可就炸了。

「幸好已經做完了，如果能不停電當然更好。」紀緋喃喃道，抱著筆電的她屈在自己的小單人床上，帶上了耳機，筆電的白光映在她本就白皙的臉上，此刻蒼白得有些病態。

登入頁面已經載入完畢，早也死、晚也死，尤其是剛剛那個停電已經弄得她都沒什麼危機感了，她就不矜持的點開了背包裡新增出來的細劍。

裝備等級：極品

紀緋勾起了一抹心滿意足的笑容，成了。

「後天ＰＫ，晚上八點可？」紀緋去了一條訊息了與世長辭，而對方很省字的發了一個表情符號回來，以示同意。

紀緋再一次為對方的簡言感到無語，隨即看見對方的頭像暗去，她看了看時間，晚上十點多，這人怎麼都這麼早睡啊？

真是個年輕有為的好青年。

她家的門被敲響，電鈴壞了，那人敲門的力道也真夠大了。

一臉宅樣的紀緋耳機索性直接掛脖子上，手捧著她親愛的小筆電，去應門了。

「紀姐，我搞不來，管委會說明早再報修，我來跟妳說聲。」

「好，謝謝。」紀緋點了點頭，「那我先回房了，再見。」

鄰居二人黨打了招呼也回了自己的家，紀緋回到床上，繼續過她的頹廢生活。

夜還長著。

七、臉長在這裡，不讓我選擇要不要的

「紀緋，笑一個。」蔚日音靠在紀緋住處的門口，對著一臉大便的好友說道。

「滾。」紀緋終於是穿好了鞋子，往地板踢了踢，順帶對那個正朝她扮鬼臉的好友豎起了中指，「現在才早上七點，妳知不知道我昨天幾點睡？」

「你自己忘了今天就是面試的日子，怪我？」蔚日音覺得自己好無辜，怎麼好像都是她的錯似的，「要我陪妳去的也是妳，我還特地把早上的課都給調開，妳知不知道昨天我跟教務組說我臨時有事的時候，主任那眼神簡直想把我剁了！」

「就說不要去最乾脆了。」紀緋摸出了鑰匙，鎖上了門，一邊嘆氣，「好麻煩。」

「妳真該出去接觸人群。」蔚日音無奈，「曾經是某所音樂大學票選出來的校花，長得這麼漂亮，天賦又高，如果讓人知道妳畢業後就這麼宅在家裡，整天足不出戶的，還做著一份薪水不穩定的工作，別說其他人，楊教授聽到都搖頭。」

「就像與世長辭非常討厭打字一樣。」紀緋將鑰匙收回了包裡，拿出另一串摩托車鑰匙，「我非常討厭人，跟不自由。」

一講到這，蔚日音不禁想起她第一次見到紀緋時的情形。

她很幸運，那時候抽到了整個女宿舍只有兩間的雙人宿舍，雖然費用是貴了一點，但是大部分人還是選擇性無視那多出來的費用，就是想賭賭運氣，而蔚日音就賭到了。

第一次見到紀緋，就是在她搬東西進宿舍的時候，那時候她才剛開門就感覺到萬分刺骨的寒意。

她忽然覺得自己的運氣可能沒有那麼好了，她的室友：一個看起來很恐怖、殺氣很重，卻又長得很漂亮的女人，頂著一個很惡鬼的表情瞪著她。

「啊，妳好，我叫蔚日音，妳呢？」在強大的精神壓迫下，蔚日音仍是硬著頭皮打了招呼，畢竟是室友，往後都是要與對方同住的，不是朋友沒關係，至少不能結怨吧？

「紀緋。」已經自己占掉一個床位的女孩語氣冰冷的吐出兩個字，然後便將視線轉回她的筆電上，完全沒有要搭理人的意思。

蔚日音搔了搔頭，覺得有點棘手，但是表現得太過熱情好像會被討厭吧……繼續搭訕也不是，但一直不說話，就沒有什麼前進的空間了。

在無法決定該怎麼做的時候，蔚日音也只好先整理她帶來的行李箱，這所大學的雙人房會搶手不是沒有原因的，因為這是雙人床位，四人房大小，所有格局仿照四人房，包括置物空間。

蔚日音收拾好自己的東西後，眼角餘光撇見對方正在玩遊戲，明明滑鼠墊枕在床上，滑鼠的移動卻好像無視姿勢不良的阻礙，流暢的移動著，鍵盤上的手更是快得好像能出現殘影，再看看那螢幕裡的炫爛光彩，那技能丟得又快又準，在第一人稱視角下，畫面的混亂卻絲毫沒有影響女孩的判斷。

一時間，蔚日音看呆了，對方正在玩的那款遊戲她也有玩，所以她更是明白這樣的操作是多麼難以見得，那是自己絕對達不到的程度。

「妳有玩？」結束了一場ＰＫ的紀緋發現對方看著自己目瞪口呆，冷冷的問了句。

蔚日音點了點頭。

「打一場。」紀緋居然提出了邀約。

想當然爾，蔚日音被慘電。

從那之後，蔚日音很快跟這個面對生人簡直冷酷過了頭的女孩成了好朋友，才發現其實對方一點都不難相處，當然，這必須建立在兩人是朋友的前提下。

「蔚日音、蔚日音！」紀緋的手在好友的面前揮了揮，「想什麼？這麼入神。」

一邊恍神一邊走路還沒撞到東西也只有蔚日音辦得到了。

「想剛遇到妳的時候，覺得妳根本人格分裂。」紀緋這個人，如果熟了，就是現在這副模樣，她會跟你開玩笑，會跟你抱怨，會欺負你，就跟所有閨蜜一樣，但是面對陌生人時，那個冷氣放送簡直不用錢，講話處處帶刺，用眼神就能殺人，怎麼也不可能讓人聯想到到她和人談笑風生的樣子。

紀緋聞言只是給了他一個白眼，「你自己在遊戲裡不也是？說我。」

「妳那跟我不同等級，本小姐中毒尚輕，妳呢？簡直沒藥救。」蔚日音接過對方遞給自己的安全帽，朝她吐了吐舌頭，一點也不客氣的坐上了她的摩托車後座，「走啦，九點面試，還能先去吃個早餐，我沒帶錢，請客唄大姐。」

「吃土吧妳。」紀緋不買單，「妳比我記得還清楚什麼時候面試，妳去替代我好了。」

「不要，我寧願當老師。」

「那我也寧願當宅宅。」

「到底哪裡不一樣啊！」

「不一樣不一樣。」

「就是不一樣就對了。」

兩人在路上依然持續著這無腦的爭論，到最後還是紀緋跟她爭累了，轉為認真騎車模式，讓蔚日音自言自語了好一陣子，才停止沒營養的對話。

兩人就在面試地點附近隨意吃了鐵板麵，待她們填飽肚子，距離面試還有一段時間，兩人也就不著急，瞎耗在早餐店裡，蔚日音忽然猛盯著紀緋的臉看，讓原本在發呆的紀緋有點背脊發涼，她顫了顫，「蔚日音，妳做什麼？」

「妳是不是沒化妝？」蔚日音的眼神狠狠的鎖在紀緋臉上。

「不是很明顯嗎……我沒化妝。」紀緋面對這個狠盯盯的眼神沒感到威脅，依然是那樣不痛不癢的語氣。

「你面試不化妝？」

「幹嘛化？」

「禮貌啊禮貌！」

「我能來就不錯了，化妝還要起得更早，我昨天凌晨三點！三點才睡！」

「妳這個頹廢死宅女！」

「誰叫我？」

蔚日音被這一句堵得氣結，這人還要不要臉啊？

「況且，我這個長相，還需要化？」紀緋一句話讓蔚日音覺得自己快內傷了，不行，這個已經不能忍了，「妳這人還要不要臉！」

「臉長在這裡，不讓我選擇要不要的。」紀緋竊笑，「怎麼，妳沒臉？」

「滾！」兩人歡騰呢，一看時間要到了，便停止了無腦的談話，步行到距離早餐店短短路程的某公司。

當兩人到了這個國際知名的遊戲公司總部附近，她們先是在極富科技感的建築物外駐足仰望了一番，畢竟她們住得離這雖不遠，但平常也不會特別跑來這裡觀賞這棟雄偉的建築物，蔚日音感嘆，「這裡看起來簡直是遊戲工程師的天堂。」

「可不是嗎？」紀緋跟著叨了句，便與蔚日音一同走進了那棟充滿科技感的大樓，但兩人在踏進建築物的那一瞬間，紀緋忽然僵了僵，表情瞬間變得如蔚日音與她初次見面時那樣冰冷。

蔚日音不意外，因為大廳裡竟是滿滿的人山人海，蔚日音四顧盼望，大略知道為什麼這裡現在會有這麼多人了。

「招聘實習生啊，果然是大學生的年輕肉體，嘖嘖嘖。」蔚日音突然來了句意義不明的發言，馬上被紀緋送了一拐子，紀緋即使一臉冰山，但也不是在人群中就會喪失所有行動，她咬牙，「老師，注意形象。」

蔚日音吃痛的往後一縮，一臉楚楚可憐，淚眼汪汪道：「老師又怎麼了？老師就不能看帥哥了？」

「為人師表，注意妳的言行！」紀緋無奈的抽了抽嘴角，馬上皺著眉頭拉著蔚日音的袖子，不顧對方想多看些帥哥的心願，迅速穿越人擠人的大廳，疾風似的腳步在服務台前終於是停了下來，但是服務台的人只怕是更多，紀緋覺得自己的容忍已經到了極限了。

突然，一道陌生低沉的男聲落在兩人的耳畔，「兩位？請問需要幫忙嗎？」男子見著她們警戒中透露著猜疑的眼神，恐怕是把自己當成想要搭訕的人，而且其中一人的表情看起來簡直想殺他全家，他連忙替自己辯解，「我不是什麼變態，我只是看你們不像大學生，可能不是來面試實習生的，所以問問，我是這裡的員工，叫程莫儀。」

「我是陪她來面試音設的。」蔚日音深知現在要讓好友開口簡直比登天還難，於是接過了對方的話頭，「你可以帶我們去音樂總監的辦公室嗎？我們快遲到了。」

「啊，是紀緋小姐嗎？」男人搔了搔頭，記憶中那個得獎的人似乎是叫這名字，程莫儀看見那個面癱越來越有殺氣，又是一陣搖手澄清，「這是林總監跟我說的，我不是變態！。」

紀緋哼了聲，總算是相信了男子，她冷冷的開口：「帶路。」

程莫儀對於對方那副冷漠帶刺的嘴臉倒是沒生氣，對滿臉歉意的蔚日音揙了揙手，表示不在意後，笑笑的將人領上了七樓，他將兩人帶到了總監辦公室的門前，對蔚日音道：「妳可能要在外面稍等一下。」

蔚日音理解的點了點頭，卻將紀緋拉到一旁嘀咕，「妳別一進門就跟他說什麼妳不幹，算我求妳。」

「我如果不幹，我就不會來這了，妳腦袋壞了是嗎？」紀緋冷著一張臉，毒舌回擊。

但蔚日音卻好似習慣了好友的反差，大嘆了口氣，隨即揚起一抹笑，「那就好。」

程莫儀舉起了手，極富節奏感的敲了敲門。

「請進。」

八、她的過去

「紀小姐，妳好。」那是個擁有雙湛藍眼眸的男子，五官雖然是東方人的輪廓，但卻有著一頭茶色短髮，皮膚偏白，骨架並不魁梧，而是恰到好處的纖細，卻又不失身為一個男人的風度，說起話來彬彬有禮，清朗的聲音讓人感覺如沐春風。

這人給紀緋的第一印象還算不錯，至少讓她討厭不起來，她稍稍放下了防備，輕輕的點了頭，這已經是她對於陌生人最大限度的禮貌了。

男人發現女孩似乎有些冷淡，沒有計較什麼，依然很有禮貌的對著紀緋說著：「請坐。」

+

在外面坐如針氈的蔚日音終於是盼到好友從辦公室裡出來了，從她的表情看來，似乎沒什麼不順心，應該進行得蠻順利，看來她是不枉此行了。

「如何？」蔚日音對著好友問著，只見紀緋難得在四周有人的情況下露出了一個極淺的笑容，然後對著蔚日音說：「我可以在家工作，除了每周五早上有固定會議要開，其他時間要在公司或在家裡都是自己分配，公司會配一個我的辦公室，使用與否我隨意，責任制，一份case一份薪水。」

紀緋小聲的複述著合約內容，而蔚日音聽完，則一臉不可置信的望向自家好友，「妳到底拿了什麼東西威脅人家？」

「妳什麼意思啊妳，我才沒這麼沒品。」紀緋輕輕的捏了捏好友的腰，看起來心情十分不錯。

「是是是，妳最有品最厲害了。」蔚日音撥掉了那隻在自己腰上作亂的手，私毫不掩飾語氣裡的敷衍，但是眉眼間卻掩不住替好友高興的情緒，因為這就是她一直所希望的，希望紀緋的天分不要被埋沒，希望她可以走出家裡，走出她的框架。

從以前到現在，紀緋的好朋友只有她，特殊的出生背景讓紀緋的世界裡，也只剩下蔚日音的存在，蔚日音認識很多人，交情不錯的朋友也不少，在音樂、表演藝術界出頭的朋友更是十隻手指頭不夠數，但是紀緋，卻只有蔚日音。

沒有父母、沒有家人、沒有依靠，她的世界很小、很小，因為她拒絕了任何人踏進她所築出來的城牆，蔚日音一直在盡力改變這一切，因為她相信，紀緋若是放下了過往的傷痛，那她的生活一定會更快樂。

「先回去吧。」紀緋道了句，然而蔚日音卻沒有反應，她的手在好友的面前揮了揮，「小蔚？」

蔚日音走神得厲害，紀緋連連叫了幾聲，她才回過神，露出了抱歉的笑容，道：「嗯，回去吧！」

「想什麼呢妳。」兩人一邊挪動腳步尋找著電梯，紀緋這就好奇上了，她現在心情可好著，一點都不在意現在自己的身周有一堆陌生人，要換做是平常，臉都不知道要扳成什麼樣子。

「想著這學期後半段的課程要安排什麼去折磨那群兔崽子。」蔚日音露出了陰險的笑容，這一番話讓現在正在上課的國中生們都大大的竄起一陣惡寒……怎麼有種不太妙的感覺呢？

「善待國家未來棟樑，不要讓別人以為音樂系出來的都是妳這種人，太損我們K大的形象了。」紀緋不禁為好友的學生們擔憂，也同時為自己的母校擔憂。

「妳說呢，我們大學還養了妳這一個怪胎，還有形象嗎。」蔚日音笑罵，一面在心裡默默的感嘆著。

紀緋，本應該是他們那一屆畢業生裡，最能夠在這個領域頂端立足的人，然而今日的她，在同梯畢業生裡，卻是最籍籍無名的一個，這讓蔚日音又是一陣唏噓。

「紀緋，我覺得妳真的可以試試，跟人群多接觸。」蔚日音送好友回家後，送別前如此道著，用著前所未有的認真語氣。

紀緋原本想要反駁，但在看見了她無比認真的神情，一時間，到口的話就這麼噎住了，頓了頓，紀緋低下了頭，神色有些躊躇。

她的父母，在她五歲時，因為欠下了高利貸，是被人逼死的。

她生長的孤兒院，因為利益糾紛，是被人一把火燒毀的，她視如親母的院長也在火場中喪命。

她的養父，在音樂發表會的當天猝死，後來發現，有人在他的食物裡動了手腳，因為外人忌妒他的高就。

她的無依無靠，是為什麼？因為險惡的人性，自從最後一次，也就是自己男朋友劈腿之後，她就再也不願意相信任何人，除了蔚日音。

這要她如何去相信用肉眼看不穿的陌生人？這要她怎麼用平常心去面對他們？

「聽著，我知道對妳來說，要去相信一個人很不容易。」蔚日音看見了好友臉上的掙扎，也看見了她眼裡的陰晴不定，放柔了語氣道：「可是我說過，不管發生了什麼事情，我一直都在。」

「所以如果哪一天，妳又因此受到了傷害，我會第一個替妳出氣。」

蔚日音沒說的是，她直接靠人脈把甩了紀緋的那王八蛋給完全封殺了，那傢伙現在正在當失業人口。

紀緋一回到家裡，便將自己摔上了床，看著指向顯示下午一點的鬧鐘發呆，天還很亮，但是她卻覺得莫名的疲累。

「說起來倒是簡單。」在床上喃喃念著，紀緋閉上了眼，曾對她造成巨大傷害的往事依然那樣歷歷在目。

五歲那一年的事情，她的印象很深刻，因為她的父母就在她的面前跳下了將近十五層的高樓，自己原本是要跟著陪葬的，卻因為激烈反抗，在落下時掙脫了父母的手，當時的她死命抓著屋頂的邊緣，腳底下那一個小小凸出的磚頭，成為了她的救命石，她就憑著一股求生的意念，死死的釘在邊上，直至消防人員到場將她救下。

那時她的年紀雖小，但是生來就擁有著超乎常人的聰穎腦袋，從有意識以來，她就明白自己的生活必定是坎坷的，家裡很窮，窮到過不下去，父母學歷都不高，他們的工作無法支撐一個家，於是他們借了高利貸，為了生存。

但是當他們還不起當月的款項，一開始是貼條恐嚇，後來是潑漆，帶人砸門，甚至有次差點燒了他們家。

紀緋年紀很小，一雙眼卻已經透著這年紀不該有的滄桑，她無力改變這一切，只能眼睜睜的看著一切發生。

張牙舞爪的陰影，早就將她侵蝕得一滴不剩。

那之後，她被送到了一間由某財團營運的孤兒院，那時的她封閉了自己，再也不願意開口，所有的大人、其他的孤兒，任何人嘗試與她溝通，但都未果。

直至有一天，她碰巧在孤兒院的儲藏室裡，發現了一架鋼琴，年幼的她還不知道那是什麼，但當她坐上鋼琴椅，便覺一陣安心，幼小的手指毫無章法的在琴上亂按，聽著那有些殘破的音階卻能夠讓她暫時忘記以前發生過的事情。

孤兒院的院長是位很和藹的太太，在紀緋的記憶中，她當時不過三十五歲，那時她聽見儲藏室裡傳出一陣完全稱不上樂曲的琴聲，以為是哪個小調皮溜進去玩了，看見是這個孩子時，她很意外，隨即柔柔的開了口：「小紀緋喜歡鋼琴嗎？」

紀緋依然沒有回話，可是失卻光芒的眼神卻染上許久未見的喜悅，這讓院長更加篤定這個猜測。

「如果小紀緋喜歡，我可以教妳怎麼彈。」

紀緋當時略顯遲疑的點了點頭，從那之後，這架鋼琴成為了她與院長的溝通橋樑，漸漸的，孤兒院的院長在她的心目中，成為了母親一般的存在，兩人的感情一日比一日好，院長也在她的身上，發現了不得了的音樂天賦，於是院長便請她的一位朋友將紀緋帶出孤兒院，希望能幫助她更接近音樂一點，那一年，她十歲。

那位院長的朋友叫做常央雲，是當時在國際上已頗有名氣的一位鋼琴演奏家，常央雲也非常欣賞紀緋的音樂天賦，未婚無子的他，答應了好友的要求，領養了這名天資聰穎的小女孩。

紀緋一開始不願意跟常央雲走，因為在這幾年，她早已與院長建立起了深厚的感情，但在常央雲同意至少每兩個禮拜帶她回來看院長時，紀緋勉為其難的答應對方成為自己的養父，與此同時，她的音樂造詣也不停的精進，小小年紀，卻超過了樂壇上不知多少人的成就，常央雲並沒有藏私，他將自己會的東西都教給了紀緋，這對於每個音樂人來說，有這麼一個前輩願意這樣傾力傳授己之所學，是多麼求之不得的事情，紀緋很聰明，當然也明白這人對自己是真心的好，於是她也很認真的學著，每天在接受如魔鬼般的鋼琴訓練時，也不喊一聲苦，因為她明白，這些訓練都是在為自己的未來鋪路。

「這一小節要彈的更用力一點，妳是要引領別人的引路者，不是蹲坐在一旁的守護者，我彈一次給妳看，聽清楚。」紀緋練琴時，常央雲通常都會待在她的身側不住的指導，一遍又一遍的重新示範著。

「洗碗的時候給我帶塑膠手套！不然手變粗糙就不好看了，一雙彈鋼琴的手可要好好保養。」這個，是常央雲的堅持。

「就不能試著叫一聲爸爸嗎？」而這，則是常央雲的無奈與希望。

紀緋在養父有生之年，從未喚過對方一聲「爸爸」，這在往後漫長的歲月裡，也成為了紀緋無法消抹的一個遺憾。

「小紀，不要緊張，妳沒有緊張的理由。」那是她十五歲時的一次鋼琴比賽，那時她已經穿著一身正式服裝，準備上台了，但是一雙修長漂亮的手卻只不住顫抖，那個在她心裡其實已經取代父親的人，正柔聲的替自己打氣。

那次的比賽，她成功成為了青少年組無可爭議的冠軍。

然而，這份首次出師便奪冠的喜悅並沒有持續太久，一篇新聞，成功的讓紀緋當場愣在電視前，還摔破了手上的杯子。

「怎麼了？這麼不……」常央雲從廚房裡走了出來，原本想問的事情，此時電視新聞已經給了他最好的解答。

新聞上，一個紀緋再熟悉不過的建築物燃著熊熊大火，而底下的跑馬燈正顯示著一個讓紀緋萬分不願意相信的事實。

孤兒院院長為了拯救孩子們，葬身火窟

紀緋那清麗的臉龐染上了濃濃的不可置信，完全忽略腳上被玻璃劃傷的痛楚，兩行淚愣愣的沿著臉龐滑下，不是因為皮肉上的疼，而是因為心靈上的痛，哪怕是在親生父母自殺時，她都不曾掉淚。

本來說好的，這次的比賽如果得名了，院長會帶自己出去玩的。

這怎麼可能呢？

這怎麼可能呢……

九、宣洩

那之後，紀緋在常央雲的陪伴下參加了院長的喪禮，其中依稀可看見幾個在孤兒院長大的孩子，或是很早就被領走的人，大家都來了。

喪禮過後，紀緋陷入了好一陣低潮，幾乎每天與她相處四小時的鋼琴，她連續一個禮拜都沒有碰，早上上學，晚上回家就窩在房裡玩電腦，過著與同年級生無異的頹廢生活。

「小紀，我有件事情要跟妳說，很重要。」有一天，常央雲敲響了紀緋的房門，手裡攥著一份譜。

「常叔叔，我現在……不想彈琴。」紀緋放人進來後，卻看見對方手上的那一份譜，一時間五味雜陳，鋼琴，本是她用來與院長溝通的橋梁，如今這座橋的另一個崖已經崩塌，這座橋對於她來說，也就殘破不堪了。

一座已經失去目的地的橋，留著何用呢？

「聽著。」常央雲看見對方又回到往日那副半生不死的樣子，硬是將樂譜塞進了紀緋的手裡，用著不容拒絕的語氣道：「這首曲子，是楊雨特別為妳寫的，她一直寄放在我這，希望妳有一天能夠帶著這首曲子去比賽，因為這首曲子的難度太高，我本來沒打算這麼快給妳，但是現在……」

楊雨，紀緋聽見這名字時，身子狠狠的震了一下，她緩下想將譜還給常央雲的動作，拳頭無意識的握緊，最後才輕輕點了點頭，然後開始閱譜。

楊雨，那個對於她與母親亦同的存在。

「這首曲，我想要在成年組的第一場比賽上公開。」

常央雲頷首。

十八歲那一年，紀緋正式踏入成年組，當時的她在樂壇光芒萬丈，被人喻為「無死角才女」，那年的她，也成功推甄上本國最有名的藝術學院，就讀音樂系，因為升學考試已經毫無懸念，紀緋那時簡直卯起來整天泡在琴房裡，後來索性連學校也不太去了。

「小紀，妳比賽那天，我不能到場。」常央雲抱歉的對著養女說著，「那天我有一場很重要的演奏會。」

紀緋自然明白，對方的演奏會跟自己的比賽簡直不在一個水平上，要求對方取消只能說是癡心妄想，於是她沒有說什麼，但是心裡依然是有點落寞的。

「比完之後我會補償妳的，加油。」常央雲輕輕的順了順紀緋的頭髮，難得溫柔的替她打氣。

其實紀緋也算是個很乖巧的女孩了，撇除過分孤僻這一點不說，她似乎也沒有什麼叛逆期，自己常常因為表演而不在家，她也不曾出過什麼亂子，成績保持得挺好，更不需要他操心。

演奏會那天，常央雲很早就出門了，紀緋七點起床時，只見桌上有一張紙條，是常央雲留下來的加油卡片，紀緋面無表情的將那卡片給對折，放進了襯衫的胸前口袋裡，默默的想著對方說這句話的情景，替自己打氣。

然而比完賽，她接到了一通電話，當她將通話掛掉，她顧不上排名公佈的程序，連忙向主辦單位通知她要提早離開。

「咦？妳是央雲的養女對吧？發生什麼事情了嗎？」那人似乎是認識常央雲的，而且從語氣聽來，他跟常央雲應該關係匪淺。

「他在演奏會上昏倒了，一度失去呼吸心跳，正送往醫院急救。」紀緋將近麻木的複述著電話中的語句。

那天她匆匆的趕到醫院時，一切都太遲了。

又遲了。

緊緊的握著對方已經趨於冰冷的手，紀緋再一次，感受到了失去至親的切身之痛。

到底為什麼？

這一切為什麼會這樣子呢？

紀緋睜開了眼，過往的回憶使得她的臉頰再度爬滿淚水，有些慌亂的抹去臉上的情緒，她爬起身來，坐到了鋼琴前面，輕輕的撫著黑白相間的琴鍵，鋼琴上擺著的，是當時常央雲寫給她的那張加油卡片。

這麼多年了，紀緋將那張卡片護貝了起來，就連著常央雲的照片一起擺在琴上，最後，紀緋只是意思性的按了幾個無意義的音節，又爬起了身，躺回床上，想要好好補個眠。

今天晚上，她只想要好好的宣洩一番。

晚上八點，紀緋已經醒了，只不過她先是在床上賴了一下子，才慢吞吞的爬下床，打開遊戲。

一上線，與世長辭立刻傳了一條訊息給她。

「ＰＫ。」

沒錯，今天正巧是紀緋和與世長辭約定好的ＰＫ日，紀緋現在面對一如往常的訊息轟炸，但她一如往常的沒有點開它們的打算，唯獨與世長辭的訊息，才剛來，紀緋便手快的回覆了，「等我一下。」

緋色如紀被操縱至城中的通用倉庫旁，紀緋將身上不必要的用品都給放進了倉庫，一邊思考著身上的裝備配置。

然後她的鼠標移到了那天她刷永夜之窟時所穿著的裝備，還是這套裝備她最稱手。

不管勝負如何，她現在只想要沒有顧忌、痛痛快快的打一場。

✚

「號外、號外，與世長辭和緋色如紀的世紀大對決，號外、號外，與世長辭和緋色如紀的世紀大對決！即將在22765號競技房開打，各位鄉親父老要看要快！」世界頻道上突然閃出了這麼一句話，看名字，似乎只是個路人甲，但是這條消息卻沒有就此淹沒在廣大的字海裡，而是一大堆人開始刷頻，並且有大量玩家移駕到了22765號競技房裡圍觀。

「是真的！傲神在這！」

「前幾天不是才聽說傲神加入了緋色如紀的公會嗎？」

「會不會是鬧翻臉決鬥啊？」

競技場頻道此刻鬧騰了起來，而紀緋現在正在伸展自己的手指，以免等等打到一半突然抽筋。

「小紀小紀小紀妳說說這怎麼一回事？怎麼好好的又要打起來了！」蔚日音還當兩人是有什麼糾紛才決定ＰＫ，正焦急的文字砲轟著紀緋。

「沒事，就是他想要跟我認真的切磋一場。」紀緋這不緊不慢的回著訊息，絲毫沒有沾染到蔚日音的乾著急。

而與世長辭也給紀緋來了一條訊息，「要不要打賭？」

紀緋看著這一串難得完整的文字，回應道：「賭什麼？」

「輸的人，就答應對方一個不算過分的小要求吧。」

看著這個沒個所以然的賭約，紀緋想了想，沒有什麼好計較的，於是便同意了這要求，順帶補上了一句，「我不會放水的。」

「我也是。」

上頭競技台現在已經擠滿了人，有些人用當前頻道聊天，一大排文字泡蔚為壯觀，甚至有賭頭已經開起了賭盤，準備趁這機會大撈一筆。

「你們兩個真夠嗆，一個對決搞得全世界風風雨雨，我的天啊。」蔚日音這裡無奈上了，她現在可是觀眾席上的一員，附近的人可真不少，她的視野範圍全被人頭還有文字泡給淹沒了，「就這陣仗，一人一口口水都能淹死你們兩個。」

「那我在底下恭候。」紀緋笑著敲了這麼一句回應。

「呸，淹死妳。」還附帶了一個鬼臉符號。

「不瞎鬧了，要開始了。」紀緋看見與世長辭剛剛傳過來的訊息，對方只傳了兩個英文字。

「ＯＫ。」

紀緋這裡則直接按下競技場的準備鈕，所有觀眾台上的玩家都看見自己的屏幕上，突然亮起了紀緋角色的頭像，隨即與世長辭的頭像跟上，觀眾台的騷動漸漸停下，因為倒數開始了。

兩個人選了一個很暴力簡單的地圖，名為「空白」。

這是張四周一片潔白，空曠到什麼都沒有的地圖。

戰鬥倒數依然高高掛在天上，剩下十秒，所有人的心裡都在默數。

當數字歸零的那一瞬間，兩個人都動了。

紀緋只看見對方從視角消失了，然後便反射性的先使用了瞬移，與世長辭已經打出來的氣流斬從緋色如紀的殘影旁削過，台上觀眾這才反應過來。

開始了。

紀緋打起了十二萬分的精神，全神貫注的看著自己的螢幕，視角裡已經沒有了與世長辭的身影，但她聽得到對方重劍破風襲來的聲音，一個翻滾操作，轉身就祭出了光劍系的大招，落英繽紛。

數十道劍影伴隨著櫻花花瓣席捲而下，劍風帶著花瓣自成了小龍捲風，朝沒躲過劍雨的與世長辭颳去，這一個大招與世長辭居然全吃下了，因為他突然發現自己反應不過來。

好快，龍捲風的移動路徑也必須是人工去操控的，紀緋這技能放得那叫一個猝不及防，在短短劍雨造成的僵直時間內就成功將龍捲風引至他的角色旁，當那絢爛的粉色旋風觸及他的角色時，已經來不及躲了。

這是一個強制性抓取的後招，一時間，觀眾們只見與世長辭被颳上了龍捲風的頂端旋轉，而他的視角陷入一陣混亂，身上的血量也去了四分之一。

「真是擅長讓人意外。」與世長辭在螢幕前勾起了一抹笑，這個女人真是太出乎他意料了。

原來那時候刷副本還不是她全部的實力嗎？

如果紀緋此時知道他的想法，肯定會噗嗤一聲笑出來。

畢竟對方可是傲神呢，有傲神這種超強力後盾做為隊友，偷偷滑水偷懶什麼的應該不是什麼大問題吧？既然可以偷懶，她又怎麼可能出全力呢？

與世長辭抓準了這技能結束的空檔，手速突然爆發，角色瞬間移動後，趁著紀緋的收招僵直——通常這種技能的收招僵直都會比較長——對著對方一個橫劈，紀緋的角色沒來得及躲過，直接被掃上了半空，攻擊沒有閒下來，與世長辭飛速的跟上一個大招，重劍瞬間斷成五段，從四面八方朝緋色如紀飛去，紀緋手下快速的敲打著，緋色如紀在空中偏移了一個角度，卻依然吃下了四段的攻擊，當角色落地，紀緋的血量也去了將近四分之一，而與世長辭在此時離她卻是有段距離，看來是趕不上對方的僵直時間了，突然，緋色如紀扔出了一瓶藥水，玻璃瓶恰巧在對方的腳邊炸開，四周陷入一陣煙霧瀰漫，與世長辭的視野被完全遮蔽。

一切發生的時間其實不過三秒內，場上的觀眾們好似現在才記得呼吸，這幾秒之間到底發生了什麼事情？有些人其實已經想不太起來了。

「看起來好像勢均力敵啊！」

「原來緋色有這麼強！」

「大神好帥啊，好想嫁給他喔——」

場上突然開始激烈的討論，原本靜止的公眾頻道又熱絡了起來。

場中的人其實是可以看見那個頻道的，只是紀緋和與世長辭都沒有閒暇去關注頻道，與世長辭正仔細的觀察著四周的濃霧流向，希望能夠在這裡面捕捉到一點對方的影子，而紀緋則是迅速的開始潛行繞後。

看到了！

可惜紀緋的身形依然被捕捉到了，與世長辭假裝不知情，四處張望著，其實心裡正估算著對方何時會發動攻擊。

煙霧一點一點的散去，紀緋終於是發動了攻擊，但卻不是想像中的大型技能，而是只有一個小小的橫劈，但不影響與世長辭的閃避，似乎不意外這一擊會被躲過，紀緋突然衝刺，貼近了與世長辭的身側，又是一個普通攻擊。

男角的動作也很快，重劍一提就是一個擋拆技，紀緋沒有停留，憑著自己的高敏捷迅速退了開來。

兩個角色陷入了僵持，迂迴繞著場邊，誰也沒有靠近誰的意思。

場中，紀緋突然使用了一個瞬間移動，緋色如紀的身形出現在了與世長辭的頂上，與世長辭往左邊退了一格，卻不料對方的攻擊卻來得這麼快，一個中型技能已經往他身上招呼，與世長辭乾脆的吃下了，一邊回敬給她一個攻擊，兩人現在居然陷入了一種死嗑的狀態。

以血換血，血多的人不一定會贏，血少的也不見得會輸。

紀緋此時手速大爆發，鍵盤的敲擊聲不絕於耳，遊戲裡，與世長辭的視角裡只見得到一片光影，對方的攻擊真的很快，但是重劍士本來就是血厚，單次攻擊高，但是速度偏慢，他沒辦法跟緋色如紀拼速度，所以他現在的攻擊都是以高傷害技能為主。

兩人都不打算閃避，都只想要毫無顧忌的攻擊。

這場競技到最後都只剩下無止盡的宣洩而已。

兩人的血條同時歸零，場上大大的平手字樣讓觀眾們皆是一愣。

平手的現象在競技裡是很少見的，畢竟只要最後一擊的攻速有快慢之分，就不會平手。

沒有去理會那公共頻道的喧囂，兩人的角色復活後，先是一起走到了旁邊的休息區，而後在螢幕前的兩人居然同時間笑了出來，紀緋先是敲出了一個鼓掌的符號，然後在當前頻道對與世長辭說著：「很痛快，不過我手快要廢掉了。」

與世長辭則是一個笑臉符號，「我想也是。」

「賭約怎麼辦？這樣算雙贏？還是雙輸？」紀緋緩慢的敲著回覆，她的手是真的快不行了，剛剛她一度覺得自己的手快要抽筋，現在正處於痠軟無力狀態。

「語音講，可？」與世長辭這貨果然還是很討厭打字，但一部分他也是考量到紀緋的手現在正酸著，一定是不方便打字的。

「好。」紀緋可是求之不得，慢吞吞的開了語音軟體，對方馬上就打了過來。

「所以？」紀緋先開口問了，她正在將人物退出競技場，極為緩慢的將人物操縱至鐵匠鋪修復身上裝備的耐久。

「算雙輸吧。」與世長辭也跟著退出了競技場，剛剛競技的房間已經自動解散，而紀緋覺得與世長辭的語氣聽起來……怎麼有點奸險？

「怎麼覺得有陰謀……」紀緋喃喃道，與世長辭卻沒有聽到，他看了看時間，已經是九點了，一向作息規律的他向紀緋道了聲晚安，便關掉了電腦，準備去洗漱睡覺了。

看來，真的遇到了一個有趣的女人呢。

十、雖然很幹，但紀緋喜歡

紀緋跟與世道完晚安，也將電腦關上了，她很少會這麼早關掉自己的電腦，但是遊戲裡似乎也沒什麼要忙的，想來想去索性不想了，直接關了電腦實際點。

紀緋坐到了鋼琴前，翻開了許久沒動的琴譜。

她已經很久很久沒有認真的彈一次琴了，因為琴音會讓她陷入很多她不想回憶的過去，鋼琴帶給她的東西太多，但是現在，這些人都不在了。

翻到了某頁譜，女孩的嘴角不自覺的彎起了淺淺的笑。

這首歌，是院長親自手把手教她彈的，那是女孩為數不多的珍貴回憶，女孩輕輕地踩起了踏板，一雙白皙乾淨的手在琴鍵上舞動了起來，輕快帶淡淡憂傷的旋律響起，每一小節都勾起了女孩對那些視之珍重的人的思念。

雖然她的童年最後僅剩下無底的黑影，但是她從來沒有想過以結束自己生命作為對世界的報復，因為她的養父跟院長是不會同意自己做這些蠢事的。

那他們，會同意紀緋現在的生活態度嗎？想到這裡，紀緋忍不住苦笑了起來。

絕對不會的。

因為他們，從以前到現在，都希望自己可以好好的過生活，好好的融入這個世界，就像蔚日音一樣，都是希望自己能過得好而已。

結束掉了最後一小節，女孩撫著琴鍵，默默下了一個決定。

試試看吧，就像蔚日音說的，不管發生什麼事情，她都會在。

✚

女孩的工作開始了，雖說是責任制，她也不需要去公司打卡，但是畢竟是一個大公司的工作量，跟她平常接的那些小單簡直不能比，薪水高是高，但是紀緋已經開始有點後悔接下這份工作了。

現在的首要任務，是將當初她投稿獲獎的作品做修改，原本在投稿時她就已經簽了切結書，同意皇耀遊戲公司更改作品內容，沒想到現在卻是由她自己來操這刀，實在是讓人意想不到。

但是，自己的孩子能夠不淪為別人砧板上的魚肉，讓她也鬆了口氣。

手上的工作暫告段落後，也已經是晚上六點了，紀緋打了個呵欠。

有生以來第一次清醒著然後整天沒開遊戲啊……紀緋不禁感慨，如果遊戲能賺錢，她早就是億萬富翁了，哪蹲這做工作呢？

正滿腦亂想，女孩的電話就響了，一看來人，她沒多想就接了起來，只是迎接她耳朵的是蔚日音的高分貝轟炸，「小紀！日升鶯鳴來下戰帖了！怎麼辦怎麼辦怎麼辦！」

紀緋連忙將手機拿得遠遠的，一邊吼回去，「公會戰？怎麼回事？」

也被吼到耳朵暫時失聰的蔚日音才發現自己聲音有多失控，連忙降回平常的音量，仍然焦急萬分，「他們會長夜落烏啼親自來下的戰帖，好像是因為與世大神跳槽過來，他很不爽，想要決鬥。」

「別接受不就得了？」打不贏的仗她從不買單，況且公會戰這種東西是要雙方皆同意了才打得起來，依餘音繞粱全員的個性，多半也是安安穩穩的不喜歡出風頭，不會有管理階級擅自接下戰帖的事情發生。

況且，如果擅作主張，先不說會長，紀緋發起飆來可是比七月半的惡鬼還恐怖。

「我也不想，可是他們把小光抓走了，說是不乖乖接受挑戰，就要將我們公會的人一個一個抓去輪白……」

「我現在馬上上線，不要答應邀戰，跟公會裡的人說，如果他們動了我們的人，敵人我一個都不會放過。」紀緋掛掉了電話，開了電腦，迅速地登上了遊戲，順便連Skype都一起開了，果不其然，與世長辭是在線的，而且對方主動打了過來。

兩人撥通後，與世長辭劈頭就是一句道歉，「對不起，我給你們添麻煩了。」

而紀緋卻勾起了嘴角，「既然知道錯了，那來幫個忙吧。」其實她也明白這並不是與世長辭的錯，只是開玩笑地回著。

「幫什麼？」

「夜落嗚啼抓了我們的人，說是不應戰，就要輪白人質。」紀緋頓了頓，「這仗我們是不可能打的，所以要麻煩你，跟我一起去救我們的隊員了。」

「順便，我想輪白那傢伙。」紀緋的語氣之陰森，讓與世長辭都起了一股寒意，夜落烏啼的排名其實不高，甚至是剛好在一百附近徘迴，實力絕對說不上頂尖，但是看在他是第一公會的會長的面子上，許多玩家不太會去招惹他。

曾經身為第一公會主力的與世長辭，比誰都要了解日升鶯鳴內部的人其實是不太聽夜落的指令的，夜落並沒有絕對的掌控權。

正因為實力強，所以大家看拳頭說話，夜落這樣在公會堪稱吊車尾的實力，完全無法使其他人折服，以前大家都是以與世長辭馬首是瞻，現在這個主心骨走了，就不知道日升內部有多少人還願意聽夜落的命令了。

「好。」與世長辭語帶笑意的應著。

「你不怕跟我一起被第一公會的成員追殺阿？」與世長辭答應的如此爽快，反而讓她訝異了。

「這麼容易被抓走輪白的會長，日升的人寧可不要，我們替他們把他丟進資源回收吧。」

這句話很幹，但紀緋喜歡。

而且可以更幹一點，「資源回收？你也太高估他了，那是廢棄物，沒辦法回收了，銷毀實在一點吧。」

與世長辭有夜落的好友，傲日內的一個設定便是好友間可以互相查看對方的所在位置，先不管抓走小光的人是誰，先把會長抓出來輪了再說。

開玩笑，紀緋可是傲神榜上第二名，手上技術可是不輸給任何人的，對她來說，就算日升的人要報復，她這裡還有隻大神，怕什麼呢？

「夜落在西聖的雲湖。」與世長辭道，一邊叫出了坐騎，往那方向飛去，「我們在雲湖旁的天梯酒樓碰頭。」

紀緋應了聲好，她其實就在雲湖的隔壁村落，即使是徒步也可以很快趕到，所以她先是在這個村落的倉庫內先把自己身上貴重的東西全丟進去了，畢竟還是有死亡的風險，除了綁定的東西都有機率被爆出，她可不想讓敵人撿便宜。

【私聊】蔚音藍澈：小紀，所以妳？

【私聊】緋色如紀：Sky，我開群通。

蔚日音這馬上接到了紀緋的電話，一撥通後，卻聽見了一個男人的聲音。

紀緋？男人？

有姦情！

「蔚音，別大吼，我知道你要說什麼。」紀緋趕在蔚日音失控前阻止了她，稱職的先為兩人介紹彼此，「與世，這是會長，蔚音藍澈。」

與世長辭在螢幕前勾起了一抹饒有興致的笑，一邊道：「你好。」

「然後然後，蔚音，這是大神，與世長辭。」紀緋語剛落，蔚日音馬上又激動了，「與世長辭？」

「你們兩個什麼時候熟到可以私訊通話啦？我們家小紀可是個超級孤僻的……」蔚日音還沒說完，馬上就被紀緋吼了一句，「閉嘴蔚日音。」

平復了一下情緒，紀緋馬上對與世長辭道，「如你所見，蔚音她是女玩男角，不要跟公會的人一樣把我們送作堆，我們是大學同學。」

「知道了。」與世長辭只是簡短地回了句，他已經大概知道那位「蔚日音」是誰了。

緋色如紀，紀緋，果然就是那天他面試的那個女孩子。

「好了，所以可以把你們的計畫跟我說了吧？」蔚日音還是不懂，這兩人湊合在一起到底想做什麼事情。

「喔，就是，把日升的會長輪白，順便把小光帶回來。」紀緋說的很簡單，蔚日音聽得心很懸，她不可置信，「輪白夜落烏啼？他是第一公會的會長！你們兩個怎麼敵得過整個第一公會？」

「他們聽我的，以前都是。」與世長辭頓了頓，然後又補了一句，「而且夜落很弱。」

蔚日音瞬間被打得找不著北了，她身邊都是些什麼人啊？先是紀緋那個傢伙，說了什麼……不過是個與世長辭，現在又多了個大神，說了第一公會的人聽他的？

她覺得這世道好亂。

「隨便你們怎麼搞，我看戲……」蔚日音覺得自己遲早會被這兩個人搞到心臟病發。

「沒人說你可以看戲，你去找小光的座標，我沒他好友。」紀緋將身上整裝完畢，驅使著坐騎朝天梯酒樓前去。

「他說他在雲湖，日升的人用了定身技能把他定在那，如果直接下線，角色殘留在地面上的時間絕對夠他們輪上十幾次。

用復活術將人復活，死亡的人仍然會被扣經驗，十幾次下來，至少可以輪掉六、七級，會爆出多少東西就更不用說了。

「果然，夜落應該跟他是在同一個地方的。」紀緋思考了下，「你跟小光說我會去救他，別在會頻上說話，怕有人開小號混進來。」

開小號混進其他公會是常有的事，有些人只是純粹玩兩隻帳號，隨便加了兩個公會，但是這些無意間混進來的小號，在某些時刻可能會變得至關重要。

他們現在得先防備這些小號，所以任何可能洩漏他們動作的事情都不適合在會頻上說。

「妳等等的工作就是負責在我們兩個把夜落跟他同伴抄走後，直接用傳送符把小光帶走，剩下的就沒妳的事情了。」

蔚日音淚流滿面，她是會長阿！會長！紀緋這話就是妳把人帶走後就旁邊玩沙去，別待在這礙事。

她好歹也是前百玩家阿！

「是，我知道了老大。」除了默默流淚，她也不能怎麼樣了。

紀緋跟與世已經碰頭了，兩人都改為徒步，沒想到先發現人的是偷偷摸摸到處探勘的蔚日音，她直接就在Sky上發了座標，兩個人馬上驅使著角色朝那裡前進。

「對方人不多，只有三個。」蔚日音道，「夜落嗚啼、領頭羊、青青草原。」

聽見這幾人的暱稱，與世長辭道，「都不是主心骨，是夜落自己的朋友。」

剛剛與世長辭花了點時間去問了日升的幾位高手，大家都表示對於夜落嗚啼的個人恩怨興致缺缺，就算真的發動了，他們也不想參加。

「公會戰部分，公會裡高層級的人表示沒興趣，再者，他們似乎打算集體退會了。」與世長辭道：「蔚音，需要幫妳把這些人拉過來嗎？」

那些人本來就已經有在問了，比起夜落，他們還是比較願意跟隨與世長辭，跟著大神就算沒肉吃，也有榜單可以上阿。

況且高手們跟與世都算是有點交情的，這麼強的人寧可是朋友，沒人跟夜落一樣傻，偏要跟與世長辭作對。

「我考慮。」蔚日音的考慮不是說好玩的，她創立這個公會，本就是休閒性質，她不希望弄到最後變得像日升鶯鳴一樣，只剩下功利，沒人情。

而紀緋這裡開口了，「畢竟我們是休閒公會，從不以衝擊榜單為目標，就算他們為公會貢獻了紀錄，我們不會有任何表揚跟獎勵，我們要的是一個家，而不是公司。」

句句道出蔚日音的心聲，只能說兩人果然是朋友。

「我會轉告。」與世長辭這麼說了句後，馬上又轉回了正題，「緋色，看見他們了，接下來呢？」

「蔚音，大招，越亂的大招越好，與世，我們等等趁亂攻擊，把那三人一波帶走。」他們剛剛順便將小光組了起來，以免他吃到攻擊。

「可以。」

蔚日音手下角色早就喬裝成一般玩家在附近刷怪，夜落嗚啼如此高傲的一個人，是不會特別記得餘音繞梁會長暱稱的，蔚日音一個翻身，馬上就是一招群傷大招「箭雨」，成千上萬的箭隻從天而降，蔚日音還怕不夠亂，一撒手，將身上的劇毒藥水潑了出去，一瞬間毒霧瀰漫，身為第一人稱視角的遊戲，角色被這霧一檔可是什麼都看不清。

紀緋手上的傳說級武器才正好融合了邪惡樹骨，那高達百分之九十五的中毒機率簡直令人髮指，劍光一到，夜落嗚啼身上才剛消退的中毒狀態又補了上來，他們抓來的人質已經不見蹤影了，他正想要反擊，卻發現自己現在居然也被拍上了定身，紀緋手速快，秒人也快，定身、中毒，就是穿全套盔甲也沒用，夜落還沒反應過來，他的螢幕已經呈現了灰屏。

死了？夜落意識到這點時，整個人已經傻掉了。

隨即他憤怒地一拳砸在鍵盤上，「靠！」

夜落嗚啼其實是一名大學生，青青草原跟領頭羊都是夜落嗚啼的室友，他們自然也聽到了這一聲靠，在紀緋和與世長辭的聯手攻擊下，兩人很快便一起成了地板上的屍體。

「阿夜……怎麼辦？」室友們跟他面面相覷，夜落嗚啼牙都要咬碎了，他恨恨的道：「我就不信了，我們整個公會頂尖高手一起對付他們，難道還會輸？」

「快看會頻！」領頭羊喊道。

【公會】世界之外退出日升鶯鳴花遍野。

【公會】海天一色退出日升鶯鳴花遍野。

【公會】薪火相傳退出日升鶯鳴花遍野。

【公會】黑色圈圈退出日升鶯鳴花遍野。

……

眼前清一色都是退會訊息，而且都是那些榜上有名的高手，排名在前三十的人幾乎退光了，夜落嗚啼這下已經不是把牙咬碎了，他都想要吃鍵盤吞螢幕了。

「與世長辭他到底動了什麼手腳！」夜落嗚啼大吼，而室友們卻不約而同地想到與世退會那天，有些人私底下就說了想跟著與世長辭走，他們想說服那些高手留下，卻找不到理由，夜落不強，沒幾個人喜歡這個心高氣傲的會長，老實說，那些人本來就是看在這公會的紀錄好才進來的，與世長辭正是這些紀錄的始作俑者，現在人走了，會長本身也沒那實力，於是人一個接著一個退了。

夜落嗚啼連忙給那些人去了訊息，但都是一些委婉表示自己不想留下的回應。

在一開始，他創立日升的時候，其實沒有什麼野心，就只是想跟自家兄弟一起混，有個自己可以發號施令的公會總是方便許多。

與世長辭，一開始自己跟他也沒什麼交情，一開始就當他是個普通玩家，後來發現這人操作不俗後，便邀請他一起打副本，漸漸的，名氣出來了，紀錄出來了，越來越多強者進了這公會，副本記錄隊不再有自己的位子，漸漸由其他人取而代之，夜落嗚啼看著自己的公會日益壯大，卻從來不是自己的功勞，他何嘗不知，這個公會的人大部分都是聽與世長辭的，他很不服氣，憑什麼？這是他的公會，憑什麼與世長辭說話的份量比他還重？

他不是不能理解，但他不能接受。

但就是這種傲，讓日升鶯鳴墮回了一般公會，眾多高手退會，帶給公會一次震盪，但也徹底讓夜落嗚啼醒了。

「阿夜，不管怎樣，至少我們都還在，重頭開始就可以了。」領頭羊也是將夜落創會過程從頭看到尾的，現在的這個情況，其實也脫離了他們創會時的初衷，這樣子剛好給了他們一個捲土重來的機會。

夜落什麼都沒說，只是關掉了遊戲頁面。

他需要一段時間靜靜。

「夜落下線了。」與世長辭看見夜落烏啼的頭像暗了下來，道。

「要堵他上線嗎？」蔚日音此刻將小光給送回了城，還送了他一罐免疫藥水，免得下次又被定身。

「不用特別堵他。」紀緋思考了下，「妳去要求他道歉，並且撤銷戰帖，如果都照做就不追究了，但是如果還是這麼囂張的話，那就見一次砍一次。」

殺掉夜落烏啼是不需要花太多時間的，她並不介意拿他來練手。

「真可怕。」與世長辭笑著調侃。

「當然，我可是隱藏版魔王呢。」紀緋道。

與世長辭這邊則起了一點捉弄女孩的心思，只見他沉默良久，在紀緋跟蔚日音兩人都忍不住出聲詢問是否還在線時，他才道：「我只是在想，妳難道都沒有發現嗎？」

這麼一句話讓紀緋有點摸不著頭腦。

發現？發現什麼？有什麼事情是她應該知道的嗎？

「我，是妳的上司。」

紀緋整個人都傻掉了。

十一、我是你上司

「上司？」紀緋腦袋空白了那麼一瞬，她是聰明人，很快便想通了男人的意思。

她的上司是誰？正是那位替她面試的總監先生。

合約書上是有他的名字的，紀緋努力回想了下，突然驚覺對方的名字跟與世長辭多麼有關連性。

林雨誓，與世長辭。

「你早就猜到了？」紀緋突然覺得自己很像智障。

「之前有懷疑，今天才確定，我發工作給妳的時候，妳就不會在，加上妳的聲音很耳熟，就特別注意了。」

紀緋從來沒有這麼想撞牆過。

跟林雨誓簽約的時候，她可是甩了對方滿街的臉色，但在遊戲裡和他卻打打殺殺合作無間，兩人在遊戲裡也算是熟人了。

不知道該怎麼說，但讓對方發現自己的「現實人格」這麼嚴重就覺得很丟臉。

「那個，我，我只是怕生。」紀緋覺得自己很有必要澄清一下，只是話一出口，她便發覺這樣撇清的太明顯了，更加不知所措了。

「小紀她比較不習慣接觸人群，那個、與世你別太在意。」蔚日音身為紀緋的頭號好友，當然知道紀緋當時的臉色是絕對不好的，她那不是怕生就能解釋的問題。

紀緋只要在陌生人面前，精神就會無比緊繃，一絲都放鬆不了，整個人會發出非常強大的生人勿近氣場，很多人都曾說過紀緋不知禮數，但是她沒有辦法。

只要是陌生人，她便沒辦法再多花一點力氣維持笑容，控制自己不要崩潰大哭便是最大限度了。

「我不在意。」與世長辭笑了笑，知道對方不是針對自己後，他反倒鬆了口氣。

不過知道自己的上司是認識的人後，紀緋覺得去公司什麼的並不那麼排斥了，至少是認識的，對她來說，一個人與自己熟悉與否是很重要的。

「紀小姐，請問妳工作完成了嗎。」紀緋頓時想哭了，她可是個現行犯阿！這不是妥妥的工作沒做完正打混摸魚嗎？

「總監對不起我馬上去做。」紀緋一個操作便把遊戲退掉了，但卻聽見對方笑了起來。

「開玩笑的。」林雨誓可樂了。

紀緋想揍人，超想。

「你不要以為你是我主管我就不敢揍你！」紀緋咬著牙說著，很難得，有能人能夠這樣輕易地挑起她的怒火。

「歡迎。」紀緋竟然能夠想見一名擁有茶色短髮的混血男子，盈著滿是笑意的藍色眼眸，一手端著一杯還在冒煙的黑咖啡，嘴角卻勾著一抹欠揍的壞笑。

很討厭。

發現女孩被氣到說不出話，林雨誓才開口緩解氣氛，「反正交稿日還久，我不會催妳。」

蔚日音現在只覺得很無奈。

看來紀緋是遇到剋星了……能夠如此輕易讓紀緋發火的人她沒見過幾個，而這人無疑是那之中的佼佼者。

而且還是紀緋那他媽的上司。

「沒事的話我先下了，你們慢慢吵。」蔚日音決定自己下線好讓耳根子清靜。

✚

「我覺得這一段的節奏感可以不需要這麼強烈，應該再柔一點，我們是在森林，不是在競技場。」

一男一女正在一間辦公室裡進行激烈的辯論，不，不算辯論，真要說起來，應該算是爭吵。

「我覺得森林不一定是靜謐的，尤其有節奏感的音樂並不代表強烈，很多讓人感到身心靈放鬆的音樂也富有強烈的節奏感。」男人反駁。

「但是我就是覺得這段太激烈了，我建議重編。」紀緋堅持道，她跟林雨誓兩人之間隔著一張桌大辦公桌，那是男人的桌子。

林雨誓好整以暇地托著腮，紀緋卻有點不耐的用指尖敲著節奏。

藍色與咖啡色的眸子帶著火光對視，兩個人就這樣僵持著。

「好、好，我知道了，放柔一點就是了。」林雨誓舉雙手投降，比殺氣，還真鬥不過紀緋，況且他只是覺得她生氣的模樣很有趣，才故意跟她吵的。

這兩人自從知悉對方身分之後，基本上就是這種相處模式，林雨誓負責激怒紀緋，紀緋負責被激怒。

「對了，傲日想要出第二代。」沒頭沒腦的，林雨誓突然蹦出了這一句話。

「然後？」紀緋重新坐回電腦前，又變回了對任何事都漠不關心的語氣。

她本以為男人是要談下一季配樂的事情，沒想到對方問的居然是一個再平凡不過的問題。

「妳有要玩嗎？」林雨誓問。

「考慮吧，我未必有空玩雙角，況且想到角色外表那些全部都要打掉，很難提起幹勁。」

紀緋看起來確實是興趣缺缺。

「說到有空，我可沒比妳有空，不過角色外表可不用擔心，聽溫毅說，傲日前後兩代可繼承外貌，而且可以挑選一樣在第一代使用的武器帶走。」

挑選武器帶走，算是遊戲公司對老玩家的犒賞，但是傲日現在滿級是九十五級，也就是說，紀緋現在所使用的武器也是九十五級，就算帶過去了，也得練到相同級數才能使用。

「既然可以互通武器、繼承外表，那代表沒有太大的改革，如果是差不多的東西，又何必換？」

「這可真是難倒我了。」紀緋說的很在理，但是新遊戲嘛，正常人都會被吸引一下的，林雨誓便是被引起興趣的那一人。

「技術部他們最近就在忙這個？」紀緋的鼠標有條不紊的整理著音軌，一隻耳朵戴著耳機，另一隻耳朵空了下來聽男人說話。

「嗯，他們最近在弄示範片，預計是十二月釋出，不過我們可以濫用一下特權，十月中就可以先看到半成品了。」

「是嗎。」紀緋沒有繼續話題，畢竟是在工作，她並不是個工作時喜歡混水摸魚的人，雖然跟她一起混水摸魚的人是她主管。

林雨誓見對方沒打算繼續聊，笑了笑，旋即也開始了自己的工作，他雖然看起來無所事事，但那也只是因為他工作做完了所以才看來無所事事，也並不是他的工作量比較少，他的工作效率可不是一般的高，在責任制所謂做完就下班的體系裡，他總是花了很短的時間，很高的專注力完成自己份內事，讓自己有更多的時間可以運用。

號稱不愛打字的他，此時卻以驚人的專注力和速度打著下一次會議前要上呈的報告，清脆富有節奏感的鍵盤聲傳入了紀緋的耳裡，有個問題她其實想問很久了，但卻一直沒有問出口，因為每次聽見這種打字聲時，對方總是一副全神貫注的樣子，讓人不好打擾他。

但是下班後，過了，她也就忘了。

今天的工作量著實大了些，兩人齊齊弄到了六點才結束手頭上的工作，男人稍微拉鬆了領帶，很難得疲倦的倒在自己的椅子上，眼角餘光看見女孩正在存檔，知道她也要告段落了，像是突然想起什麼，問道：「妳今晚聚餐會去嗎？」

音樂設計部門每個月都會有一次聚餐，是林雨晢請的客，紀緋一直沒表明自己要不要去，林雨晢訂位的時候就多訂了她的位子。

一向不參加這種活動的紀緋本想一口回絕，但她卻硬生生忍住了。

她前一陣子才下定的決心，怎麼現在就想著反悔了呢？

林雨晢見紀緋的臉上充滿了掙扎，馬上道：「不勉強，妳別想太多。」

紀緋卻出乎了男人的意料，「我會去。」

「妳確定？」男人挑了挑眉，紀緋這人雖然已經正式進了音樂設計部門，但她幾乎不在公司，即使會議時會露面，卻沒開過口，同部門的人大多是不認識她的，紀緋對陌生人的狀況他大概知道，蔚日音告訴他的。

「嗯。」女人低下了頭，似乎是對自己的選擇感到緊張，有點後悔，卻又懊惱。

這是第一次，紀緋在林雨晢面前露出這麼脆弱的姿態。

她向來是一個說到做到的人，但是這一次，極為難得的，她動搖了。這也是第一次，她在自己沒把握的事情上做決定。她從來不做沒把握的事情，但只要說出口，那就代表她有百分之兩百的勝率和信心，這本來是她自己的最高原則，謹慎、小心、不超過自己的能耐。

但如果她一直如此，她恐怕永遠踏不出那一步，只能一直被囚禁在自己所打造的銅牆鐵壁裡。

「別擔心，如果真的招架不住，我會幫妳。」知道紀緋在拉扯什麼，林雨誓貼心的道。

「謝了。」盡力彌平了自己的情緒後，女人對男人露出了感激的表情。

✚

餐廳訂位訂在七點半，兩人還有一些時間可以瞎耗，於是他們也沒關掉電腦，就直接開了遊戲。

玩一分鐘是一分鐘嘛，今天都這麼辛苦的工作了，不好好放鬆一下可不行。

紀緋心不在焉的操縱自己的角色，一邊想著自己好像要問林雨誓什麼事情……卻遲遲沒想起來。

耳邊不斷傳來敲打鍵盤的聲音。

鍵盤、鍵盤……紀緋想起來了。

「林雨誓，我問你。」紀緋其實不大會主動跟人開啟話題，所以說出來的問句反而有些像命令句，當紀緋意識到這一點之後，她有些緊張的看了林雨誓一眼，不過值得慶幸的是，男人並不在意。

「什麼？」依然是那樣的謙謙有禮。

「你不是不愛打字嗎，我看你打報告的時候沒有特別厭惡吧？如果說是因為麻煩，那玩遊戲的時候要操作技能也很麻煩，不是嗎？」

「喔，那個阿。」男人說完這句，就陷入了沉思，好似在思考如何解釋。

紀緋很怕對方沉默良久，最後給她一句：「其實是我唬爛你的。」這種話。

越想越有可能，她已經在思考揍他的可能性了。

「那是因為，我不喜歡用這種方式交流。」答案卻不是紀緋想像的那樣敷衍，林雨誓的眼睛直勾勾的望進她的眼裡，那是種難以形容的藍色，好像能穿透靈魂一樣，讓人被盯的有點發慌。

卻又無比心安。

「老實說，相比網路世界那些冷冰冰的文字，我更喜歡跟人面對面交談，因為那樣可以真正的看見眼前的人是什麼樣子。」男人溫煦的笑著，「透過表情、眼神、語氣，我可以知道他們真正的情緒，明白該如何應對進退，清楚該如何跟人相處。」

「但沒辦法，我卻被網路上冷冰冰的遊戲給迷住了，對我來說，其實很矛盾，但又不衝突。」男人自顧的繼續說著，女孩也沒打算打斷他，「沒人說玩遊戲一定得一窩蜂報團，至少，我可以不需要。」

雖然有點狂妄，卻是事實。

「但是交流還是得有，所以我通常都是用少到令人髮指的文字讓人願意跟我語音。」這一刻的他笑得很無恥，「雖然很奇怪，但我寧可浪費網路浪費口水跟人用語音聊天，我也不想用這麼冷冰冰的方式跟人互動。」

「我這樣，也算是個怪胎吧。」

的確是個怪胎，一個和紀緋截然不同的怪胎。

一個是為了躲避所有人的目光，關閉了自己的眼界，放棄了自己所能擁有的成就，一個，則是希望可以用自己的眼睛，用自己的感官，用心的感受世界。

「沒關係，你沒比我怪。」紀緋打趣，兩人相視而笑。

「好了，六點五十了，我可不能遲到，需要載妳嗎？」沒記錯的話，女孩似乎是騎車上班的。

「可能需要。」不過，紀緋今天可沒騎車。

說來就氣，她的車昨晚拋錨了，不早也不晚的時間，蔚日音還在加班，她可沒幾個朋友，一時間也找不到人求助，離她家還有五公里，她只好一個人刻苦的把車推去兩公里遠的機車行，然後走回家。

「好。」沒有多問，男人只是笑了笑，兩人收拾完自己的東西，也就一起去搭電梯了。

「你要坐前座還是後座？」男人突然問了句，而一路跟著他搭電梯下來的女人還處在生人勿近狀態，她現在沒有餘裕可以回答他問題，直至到了車旁，女孩才鬆了口氣，「你方便就好。」

「那就前座吧，我後面還堆了點雜物。」語畢，還很風度的替女人開了門。

紀緋有點受寵若驚，她從未被別人如此禮貌的對待，蔚日音是好朋友，個性跳脫的她幾乎可以說是沒禮數，平常她總是甩人臉色，也不會有什麼人願意以禮相待。

有點不知所措的坐進去後，紀緋卻才真正的鬆了口氣。

這種會給別人侷促感或是壓迫感的密閉空間，才是她最自在的地方，紀緋的反應林雨誓可是從頭看進了眼裡，他坐進駕駛座後，一邊拉著安全帶，開著紀緋的玩笑，「妳確定妳等等沒問題？不要昏倒喔。」

「不至於……吧。」紀緋自己也不能很肯定。

「真的不行就拉我衣角，我會找藉口帶妳提早離席的。」他是這麼說的。

紀緋不禁看向那專注於前方路況的男人，一張別有異國風情的臉龐卻沒有西方人那樣的銳利，東方人的輪廓正好修飾掉了那份銳利。

這傢伙……從裡到外，都是一個莫名溫柔的人。

十二、公司餐聚

這是一間還稱得上高檔的燒烤店，幾乎是包廂式的隔間給足客人們充分的隱私，井溫毅，與林雨誓最相熟的員工之一，正在和先到的其他人在包廂裡聊天。

「妳們說，那個新來的女生會來嗎？」一個圓圓臉的眼鏡妹捧著店裡招待的雞湯，蒸騰的霧氣模糊了她的眼鏡，不過顯然她不怎麼在意。

「她也不算新人了，都進公司幾個月了。不過前幾次她都沒出現，這次應該也不會吧。」井溫毅推了推眼鏡，而一群人豎起了耳朵緊盯著他，別人說這話不會有人有什麼特別的反應，但現在說這句話的人可是井溫毅阿。

他的消息簡直比ＦＢＩ還要靈通，想知道任何人的小道消息問他就對了。

「那個女孩子叫紀緋，雖然沒有正式打過照面，不過照程莫儀的說法，不是壞人，但是很討厭陌生人，妳們別太餓虎，馬上就想跟她打好關係，她會用眼神殺死妳們。」

說來也奇怪，林雨誓手下的員工只有井溫毅一人是男性，但井溫毅卻又比任何女人都要八卦的多。

話剛說完，林雨誓就出現了，附帶紀緋一枚。

「老大！你差點遲到喔。」井溫毅先是對林雨誓搖了搖剛剛已經先上桌的清酒，然後他又對紀緋揮了揮手，「晚上好，又見面了。」

「我今晚可不能喝酒，我開車過來的。」林雨誓入座後，眼角餘光撇向坐在身旁的紀緋，女孩的臉色比他想像的要好，看來是沒什麼問題，「她是紀緋，你們的新同事。」

這個部門加上紀緋和林雨誓也不過八個人，其他人都是很好相處的類型，紀緋並非全然不認識，但幾乎都只是一面之緣。

「你們好。」紀緋嚥了嚥口水，盡可能地讓自己顯得不那麼緊張……幹，她緊張到爆。

「歡迎加入音設部。」

「咱們總監雖然很嚴格但其實是個好人啦！」

「音設壓力很大，別因為這樣跳槽喔！」

「再跳槽下去總監都要哭了。」

眾人對紀緋你一言我一語的，剛剛那個會被紀緋用眼神殺死的論調全被拋在腦後，女孩聽見這些對林雨誓的調侃，不禁對他投向疑惑的眼神。

林雨誓無奈解釋道：「因為我們部門的工作量有點大，有些人受不了，來不到三天就辭職了。」

紀緋點了點頭，工作量大她倒是不覺得，畢竟以前學琴的時候可比現在辛苦多了。

餐點陸陸續續上了，其他人很克制，沒有淨叫些高單價的食物，份量也不多。

「紀緋，來來來，喝酒。」井溫毅是個酒鬼，才吃沒幾口肉，望著桌上的日本清酒又開始蠢蠢欲動了，林雨誓不能喝，那就換個攻略對象吧。

紀緋還沒開口，林雨誓一雙藍色的眼睛就淡淡地掃了過去，井溫毅只好摸摸鼻子把自己剛剛斟的酒給喝了。

其實紀緋很專心於自己碗裡的食物，習慣細嚼慢嚥的她一向秉持著吃飯不說話的原則，結果她嘴裡的肉還沒咬完，井溫毅就落寞的將自己的酒給吞了，她也就樂的不去應付了。

她對酒實在是敬謝不敏，之前跟蔚日音喝過一次，才一口啤酒紀緋就倒了。

清酒的酒精濃度可不比啤酒低，她一點也不想嘗試。

好不容易將自己口裡的食物嚥了下去，她才開口：「我不喝酒。」

「是嘛。」井溫毅一臉可惜，音設部的同事們只有林雨誓喝酒，但今天林雨誓卻沒辦法喝，沒人陪的飲酒，好孤單啊。

「別老是喝酒，對身體不好。」林雨誓一邊將剛烤起來的香菇分裝給紀緋和井溫毅，一邊無奈說道。

「盡量盡量。」嘴巴上這麼說，一邊又給自己斟了酒。

林雨誓還能說什麼呢？

紀緋在這之後也都是靜靜的吃，聽著旁人的話題從閒聊變成了工作，又變成了傲日第二代將出的消息。

「話說回來，阿毅啊，你有沒有打聽到第二代的消息啊？」圓圓臉女孩問道。

「喔對，我有問到一些皮毛了，這次程序部也太神秘了，我打聽很久才問到一些消息。」井溫毅頓了頓，續道：「聽說是加上了語音系統，還有關於音效的細化，遠近、前後左右傳來的聲音都會有差，盡可能擬真，最近他們正在做程式的簡化，讓電腦負擔別這麼大。再來是畫面的流暢度跟細緻度都會提升，讓玩家有更豐富的遊戲體驗。」

「語音系統？那很不錯啊，省得每天都要額外再開語音軟體。」圓圓臉女孩大力讚賞。

「是個很適合總監的系統阿！」另一位女員工如此說道，紀緋在內心裡默默地舉贊同票。

林雨誓不愛打字的怪癖早已搞得全部門人盡皆知，畢竟他們身處遊戲公司，平常當然也會給自家公司的產品捧場，林雨誓則是喜好遊戲，加上他其實是個練等狂，不管玩什麼遊戲，一定要封頂才會善罷甘休，而傲日到現在的等級上限也不過九十五，官方公告之後會再上修，林雨誓玩著玩著也就玩出興趣了，閒暇時間就開著角色在路上晃悠，偶爾有人發起挑戰，偶爾刷個副本，對他來說就是些小差，至少讓他空白的時間有點事做。

對他來說，即使上班做的是自己的興趣，但是每天盯著一樣的東西，重複著相同的動作，難免會感到乏味。

「搞不好他們是被總監的怪癖搞到受不了，所以才特別量身訂做的。」一個總是濃妝豔抹的女人說道：「不過沒關係，我就喜歡總監的這種怪僻。」語畢，還對林雨誓送了個飛吻。

林雨誓對自家員工的騷擾早已見怪不怪，淡定的繼續夾肉給紀緋和井溫毅，一邊開口道：「那我還真是得好好去感謝他們，楊雲柳，做為謝禮，我向老闆請求把妳調去程序部當吉祥物吧，他們一直希望能夠擺脫和尚廟的稱號。」

程序部那將近百人的大部門哪，女生少的可憐，就算有，也淨是些女漢子。

「不、不用了，請總監不要太感謝他們。」被換做楊雲柳的女子默默的萎了下來。

輕鬆制住自家手下的林雨誓在餵飽身旁兩位大型寵物後，才開始烤自己要吃的食物，一邊不著痕跡的對著紀緋問道：「還習慣嗎？」

紀緋不得不說，對方真的是個很貼心的人，先不說他自己到現在可是一口都還沒動，一直都是他在烤給他們吃，時不時還會出言關心自己的狀況。

真是一個好上司。

嘴裡還在咬，紀緋沒有開口，只是點了點頭。

大概是因為部門裡的同事多少都打過照面，加上大家並不難相處，所以已經不會特別緊張了。

「來來來，喝酒！」井溫毅感覺是醉了，跟著一旁瞎起鬨的女人們開始拚酒。

很快的，座上清醒的只剩下紀緋跟林雨誓，但是紀緋剛剛也因為井溫毅的熱情邀約，喝了一點，沒醉，但也差不多了。

林雨誓多無奈啊，他一台車可沒辦法把這群人給載走，只好請這些人在公司裡的朋友送他們回家。

「紀緋，妳還醒著嗎？」林雨誓戳了戳一坐上副駕駛座便不省人事的紀緋，對方一點反應都沒有，不過，能撐到現在她也真不容易了。

林雨誓將外套輕輕地蓋在她身上，確保對方不會著涼後，才開始苦惱一個很嚴重的問題，要如何送這女孩回家？

腦內靈機一閃，林雨誓用語音軟體打給了紀緋的好朋友，蔚日音，一邊慶幸自己之前有留下對方的帳號，很快的，電話的另一邊撥通了。

蔚日音看到來電顯示有點訝異，但也沒有多想便接了起來，「喂？」

「蔚小姐，我是林雨誓，請問妳現在有空嗎？」

蔚日音跟自己家教的學生說了一聲後，她便退到一旁，「我現在在上鋼琴家教，怎麼了？」

「紀緋在公司的聚餐上被灌醉了，現在在我車上睡得不省人事，我不知道她家在哪。」

蔚日音對於紀緋的酒量是知根知底的，但她訝異的，是紀緋居然願意出席聚餐，但一想到是林雨誓主辦的話，那紀緋會硬著頭皮去，或許就不怎麼令人意外了。

蔚日音作為旁觀者，可是看得一清二楚，紀緋早已對林雨誓付出了超乎想像的信任，她自己沒有察覺，但蔚日音憋得好痛苦阿……

你們倆什麼時候才要快樂的手牽手私奔去啊啊啊啊啊啊啊！

「她家的地址我用聊天室傳給你吧，你的人品我可以信任吧？不准趁機吃我家紀緋的豆腐啊。」雖然在旁邊看得著急，但蔚日音不會希望自家好友受到傷害的。

「我如果真想對她做什麼，直接就載去酒店了，還會打給妳？放心，我不會碰她。」林雨誓笑著道。

「龍江路×××號二樓之五，我先幫你跟警衛說一下，你等等跟他打聲招呼就可以了，她家的備用鑰匙藏在鞋櫃第三層中間的鞋子下面，你自己找一下，我先掛電話了。」於是，蔚日音痛快地將自家好友的地址還有鑰匙給賣了。

熟睡中的女孩絲毫不知自己的機密個資就這樣被洩漏了，依然睡得安穩。

林雨誓依約將人安穩地送回家，輕柔的放在床上，留了一張紙條後便走人了。

當然，那輕輕在額上落下的一吻，還有一句幾近無聲的晚安，紀緋是絕對不會知道的。

十三、約會？

早上七點，紀緋人生第一次在這麼早的時間自然睡醒，慣性的蹭了蹭自己溫暖的被窩，等到腦袋清醒後，紀緋整個人從床上跳了起來。

昨晚最後的印象，停在林雨誓的副駕駛座，她似乎還沒繫上安全帶，就不省人事了。

緊張的檢查自己身上的衣物，再三確認一切無異之後，她頹然的躺回床上，抱著蔚日音送她的大熊貓玩偶。

她的臉頰在發燙。

昨晚她到底怎麼回來的？

自己一個人在床上滾來滾去，紀緋一邊後悔昨天不該喝酒，一邊思考著這個問題，然後，腦袋突然閃過一個人的名字。

紀緋突然放心了，應該是林雨誓拜託蔚日音來接她的，一定是這樣，林雨誓沒道理進得來她家。

安下心後，紀緋有心情繼續睡覺了，整個人睏了起來，一睡下去，起床都是下午一點的事了。

而且她是被手機鈴聲吵醒的。

將鈴聲當作是鬧鐘的紀緋沒有多想，直接把電話給按掉了，過了五分鐘，紀緋才意識到那應該是來電，而不是鬧鐘。

還有點茫，但紀緋仍是逼著自己將手機拿起來看，萬一是重要的事情，得趕快打回去才行。

未接來電：林雨誓。

紀緋將手機又扔回床頭了。

她絕對不會承認自己是在逃避問題。

然而一切都是那麼的事與願違，過了五分鐘，手機就又響了。

紀緋有些心不甘情不願，看著來電顯示，她還是接了。

「總監早安。」

「不早了，我在你的小桌子上有放解酒藥，蔚日音說妳很容易宿醉。」

他？放解酒藥？

「總監……昨晚，我們，應該沒有怎麼樣吧？」紀緋很害怕。

「我認為我的人品應該值得相信。」林雨誓的語氣帶著一絲笑意，不過還是補充了一句，「放心，沒有。」

「你昨天怎麼進來的？」紀緋小心慎戒的問。

「當然是開門進去。」

紀緋知道，當對方出現這種無俚頭的回答時，代表他並不想說實話。

算了，她是相信林雨誓的，只是……一旦開始想對方是如何帶自己回家，紀緋就覺得有幾分……

小鹿亂撞。

被自己的想法嚇到，紀緋好一陣子沒有聲音，直到林雨誓出聲喚回她。

「妳沒事就好，好好休息，有事情遊戲找。」語畢，便掛了電話。

林雨誓的嘴邊，噙著一抹笑。

紀緋其實是非常厭惡別人觸碰到她身體的，原本林雨誓以為紀緋會對自己發一通脾氣，但這下看來，對方似乎沒有多少怒氣，只是有點害羞？

「事情越來越有趣了。」查覺到對方對自己的待遇並不一般後，林雨誓一個人在電腦桌前笑得有些開懷。

林雨誓樂完後，便不馬虎的開始處理公事了，傲日二的音效企劃已經擬定，他們音設部這一忙，可能會忙掉至少一個月去。

大部分的音效都必須微調，甚至加入了許多新的音效，背景配樂全部換過，所有的副本、野區、村莊的音樂都要重新來過，而且不能重複。

整個音設部都動了起來，連帶紀緋也跟著忙碌，讓她有好一陣子都無暇胡思亂想，每天上遊戲的時間被壓縮的很短，也幾乎都在大半夜，於是跟林雨誓的遊戲時間也大大的錯開，不過總監大人可是最忙碌的一位，沒有時間玩遊戲，他的角色都不知道多久沒登入了，他跟紀緋的交流僅在禮拜一的會議，還有用電子郵件發派工作給她的時候。

兩個人最近相處的時間大幅減少，但這樣的空檔卻可以讓林雨誓想清楚一些事情。一些關於女孩的事。

忙碌的時間是過的很快的，程序部在音設部各項音效都漸漸完備的情況下，先用目前僅有的資源推出了示範影片還有網頁體驗版，馬上引來玩家們的熱情遊玩。

而就在試玩版如火如荼的接受玩家們考驗時，音設部的忙碌也慢慢的接近尾聲。

不知不覺，兩個半月都過了，林雨誓才驚覺自己有很久很久沒有去關心一下自己的小劍客了。

估計寵物都要餓死了吧。

在工作終於暫告段落後的一個美好假日，林雨誓終於是捨得給遊戲分點心了，打開了遊戲。

太久沒登入了，過來問候的人暴增了兩倍，遊戲內建的信箱也被塞爆，林雨誓面不改色地用群發回了笑臉，將信箱附件全部收取完後，才操縱著自己的角色在野區晃悠，時不時停下來採採藥草、三兩下殺掉一個小怪，難得愜意。

他現在位處的野區是新手區附近的低等區域，雖他已經達到目前的滿等，但是有些材料還是得到這種低等野區才刷得到，上次副本得到的傳說石還沒用，為了要加上一些特別屬性，他前陣子還特別請教紀緋一些特殊屬性所需的材料，紀緋之後乾脆整理了一份材料地圖給他，還附上精美屬性介紹，只能說果然是術業有專攻，對方畢竟是傳說級工匠，自然對這些有所研究。

突然，手機響了。

林雨誓見到來電顯示，先是皺了眉，脾氣一向謙和有禮的他，極為難得的，用著些許不耐的口氣接起了電話，「做什麼。」

「火氣別這麼大，爸爸要我轉交你一些事情。」電話的另一頭，是一名與林雨誓長的有七分相像的男子，那一身從容不迫的氣質，和能夠穿透人心的藍眼睛簡直如出一轍，「他下禮拜一回台灣，說想跟你還有我吃頓飯。」

「不要，你去。」林雨誓果斷拒絕。

「爸的目標是你不是我。」男子道。

「如果我不知道的話我會叫你去？」林雨誓露出很棘手的表情。

「所以我才要陪你去。」男子的意思是，其實父親並沒有指定自己，而是指定林雨誓。

「你覺得他找我做什麼？」林雨誓長嘆一口氣，有些自暴自棄的往椅背一躺

「逼你去國外繼承他的事業。」男子語氣肯定。

「英雄所見略同。」林雨誓閉上了眼睛，腦裡浮現了父親高大的身形。

那個男人，還是一如往常地用著固執的方式疼愛兒子們。

「但我猜你沒有興趣。」男子道。

「難道你有興趣？」林雨誓反問。

「沒有。」一口回絕。

「那就對了。」林雨誓道，嘴角彎起了一抹嘲諷的笑容，「真虧他有臉，看著兒子們的藍色眼睛都不覺得心慌嗎？」

電話另一頭沉默了幾秒，然後重重的嘆了口氣，「如果他會，他不會有今天的地位。」

心狠手辣，為了錢，可以連自己的妻子都見死不救，這種人，根本不配做為父親。

那用母親性命堆出來的跨國企業，他們可都是避之唯恐不及。

誰會願意？

「哥，我不想去。」林雨誓難得不想面對。

「我問你，你現在有沒有女朋友，穩定交往論及婚嫁的那種？」林雨誓的哥哥，林雨央問。

「沒有，你想故技重施？」林雨央身為長子，本來是林家繼承人的首選，但林雨央卻拿自己女朋友當擋箭牌，說是希望可以留在台灣陪她，不久後兩人就結婚了，無數次大吵加上堅決不肯，林雨央總算是逃離父親的魔掌，沒想到事不過一年，他爸又來抓交替了。

他們的父親並不是不疼愛自己的孩子，但是因為兄弟倆都曾目睹他對自己的妻子也能如此決絕，縱使對方是一個如何稱職的父親，但是他們不願意承認。

愛子心切，希望能夠將自己的財產都留給孩子們，不落外人田，但是他們誰都沒有繼承的意願。

「我是覺得，可以試著跟他談談。」林雨央道：「如果、如果我們不完全繼承，但是願意接受他贈送的股份呢？」

「你是說，成為股東，但不要完全擁有整公司的掌控權？」林雨誓腦袋轉得飛快，他們的父親是自己公司的最大股東，同時是整間公司的董事長，但如若兩兄弟一人一半父親的股權，之後再轉手，那最大股東不會是他們，公司的決策權也輪不到他們。

至少，對他們來說，那份對於母親的愧疚會少一點。

「不愧是我弟弟，真聰明。」林雨央笑了笑。

「可以考慮，但未必可行。」

「但不妨一試。」

「好吧，跟爸說我會去，你再把時間地點跟我說。」

「知道了，兄弟。」

林雨誓掛了電話後，無力的將手機丟回桌上。

他們倆兄弟，是混血兒，母親是加拿大人，而父親是台灣人，他們的母親有一雙可以看透人心的湛藍色眼睛，一頭亞麻色的微捲長髮，臉上有點雀斑，中文說得很好，總是帶著從容不迫的笑容，好似連天塌下來都不緊張一樣。

她本是一間企業的翻譯員，來到台灣認識了父親，兩人認識沒多就久就結婚了。

後來她嫁來了台灣，連著大筆的財產，他們的父親很窮，雖然擁有鴻圖大志，也確實非常有商業腦袋，但卻遲遲籌措不到資金。

知道妻子的財產優渥，男子希望對方可以將財產全部轉移自己名下，但是因為女人認為風險過大，不希望自己的丈夫用這些錢去賭，在他們的父親不斷說服下，母親直至兄弟倆十四、五歲時仍是不願點頭。

她曾抱著他們兩兄弟說，父親可能不是那麼的愛她，或許跟她結婚的目的，是為了錢而已。但卻又掛著一絲無可奈何的笑容道：「但沒辦法，誰叫我就是這麼愛他呢？」

那時候，母親似乎就知道自己可能會遭遇不測了，只是心底知道，卻不想相信。

她想賭，賭是自己重要，還是錢重要。

後來，女人賭錯了。

他們知道，母親的意外，絕對不只是意外。

幕後指使者正是他們的父親。

林氏兄弟倆，從小就聰慧過人，自然明白事情的原委，他們從母親過世後，跟父親的感情就逐漸疏遠，父親一直想要彌補和兒子們破碎的親情，但卻總是造成反效果。

林雨晢嘆了口氣，目光移向自己放在床邊的琴架，上面放著一把來自義大利的手工小提琴，這把琴是母親送他的六歲生日禮物。

從小到大，他一直很珍惜這把琴，一開始問母親這把琴的價格時，她只是笑笑，說這是她能給自己最好的東西了。

上大學時，他去找了認識的老師傅估價，他說這把琴的年紀至少有一百年了，以它的音色跟做工，可以判斷是一把價格破一百萬的純手工琴。

弦栓的密合度、指板的弧度都是恰到好處，琴橋與面板十分服貼，音柱的長度適中、與琴板完全吻合。

總而言之，是一把十分出色而且非常健康的琴。

當時的他望著這把琴，久久不能言語。

從那開始，只要他想念自己的母親，就會拉上一曲快樂頌。

很簡單的一首曲子，但是卻是母親最喜歡自己演奏的曲子。

突然，語音軟體出現來電請求，林雨誓回到電腦前，看見是紀緋的來電，強迫自己露出笑容，然後接通。

直接用語音軟體打給對方，已經是彼此的默契了，通常有事找對方的話，他們都會這麼做。

「紀緋，有事找我？」

「想問你有沒有空幫我刷個副本。」紀緋的工作也是告段落了，久違的空閒，她當然是拿來貢獻在遊戲上，想說很久沒跟林雨誓刷副本了，才打了過去，但聽出對方的口氣似乎跟平常不太一樣，又多嘴了句：「你心情似乎不太好。」

林雨誓很訝異對方居然聽得出來，嘆了口氣，將自己偽裝的一派輕鬆一掃而空，「是啊，我心情的確不好。」

「真難得，發生什麼事了？」紀緋有點詫異，在她眼裡，這位上司不論是對任何都是一副謙和有禮，從未對什麼事情生過氣，也未曾表露出不耐或是煩躁的情緒。

「家務事，以後有機會跟妳說，來吧，陪妳打副本。」沒忘對方找自己的目的，林雨誓已經開始擺弄自己的小劍客

「……如果總監心情不好，就不用了。」感覺得出來，對方其實興致缺缺。

林雨誓沉默了一陣子，還是把遊戲給退了。

「紀緋。」突然，男人低低的喚了她的名字。

「嗯？」對方難得用著如此認真的語氣叫自己，縱使紀緋在螢幕的另一端，也不禁將腰桿挺直。

「妳願意聽我拉琴嗎？」林雨誓問道。

林雨誓也是音樂系畢業的，不過跟她不同校，她也是進公司一段時間後才知道的，他的主修是小提琴，副修鋼琴，據說在應屆畢業生裡也是頗富盛名的一位，「好啊，沒有問題。」

看來，總監大人這次是真的有心事。

耳機的另一端，緩緩響起一陣悠揚的琴音，熟悉到不能再熟悉的旋律，卻讓聽聞者一陣鼻酸。

快樂頌裡夾雜著的不是多高深的技巧，卻混雜著很多很多，讓人心頭為之一顫的感情。

一閉上眼睛，似乎就可以看見對方流露悲傷的神情。

琴音停下，林雨誓的聲音聽起來有點遠，「抱歉，我好像把這首曲子拉得太悲傷了。」

「沒關係，音樂本來就是我們這些人宣洩情緒的管道，有時候心情不好，像這樣把情緒寄託在音樂上，一切似乎就會好起來，我懂。」紀緋笑了笑，她彈琴的時候又何嘗不是如此呢？

「有興趣陪心情不好的總監吃頓晚餐嗎？我請客。」林雨誓似乎是心情好一些了，微笑著提出邀約。

「好啊，不要人太多的地方都可以接受。」老實說，雖然紀緋生人勿近，但以前的她常常在外頭的咖啡廳從早坐到晚，對她來說，只要不是人擠人的地方，她都還可以接受。

「我到你家樓下接妳。」林雨誓語畢，便掛了電話。

紀緋這裡則是在通話結束後，突然覺得有點臉紅。

孤男寡女，在非公司聚餐的情況下出去吃飯？

似乎可以稱之為「約會」？

紀緋又突然想到前陣子，對方帶自己回來的事情，又是一陣胡思亂想。

幹，怎麼辦？

她好像戀愛了。

✚

林雨晢將車停靠在女孩住家附近的停車格後，才晃悠到她所居住的社區大廳，打了電話。

女孩住的地方其實算是市區附近滿精緻的一個社區，前陣子進去她家時，發現整棟樓的隔音很好，窗戶使用的是氣密窗，建材也都採用吸音的材料，幾乎可說是演奏者們的理想住家，不過格局偏小，比較適合大學生們租屋或是單人住。

電話接通後，「喂，你到了？」女孩問道。

「嗯，我在大廳，妳慢慢來。」林雨晢正在翻閱大廳裡擺的雜誌。

「我馬上就下去了。」紀緋就這樣掛了電話，她將自己的包包隨手一提，匆匆忙忙的衝出了家門。

一下到大廳，紀緋就看見一名身材挺拔修長的男人翹著腳坐在皮質的沙發上，雖然有輕度近視，卻不愛戴眼鏡的他微蹙著眉，翻閱著原本擺放在架上的財經雜誌，前方的小桌子上還擺著一杯疑似老警衛招待的三合一咖啡。

紀緋只好在心裡再一次感嘆，秀色可餐啊！總監的顏值實在是過分的無以復加。

男人抬起了頭，對紀緋微笑了下，一口乾掉了咖啡後便站起身來，將雜誌給放了回去。

紀緋歉然，「抱歉，讓你等了。」

「不會，我剛到。」林雨晢睜眼說瞎話的功力可是無人能比，他剛剛那樣子哪像是剛到？分明都坐了好一陣子了吧？他不害臊，紀緋都替他感到害臊。

「騙誰啊？」紀緋笑了，打趣道：「你看起來心情很好啊，哪需要人陪？我還是回去打電動好了。」

「我都訂好位了，妳就賞個臉吧？又不用妳花錢。」林雨誓還配合她演起來了。

突然，兩人一陣靜默，然後相視而笑。

男人一如往常風度地替女孩開門後，才回到駕駛座。

「其實你不用替我開門，我不習慣。」紀緋看著窗外，有些彆扭。

「沒關係，我會讓妳習慣。」林雨誓嘴角微勾，只可惜女孩看著窗外，無緣欣賞。

一句話，讓女孩心頭微顫。

「不要這麼貼心，我會討厭你。」紀緋斂下了眼。

她不奢望別人的溫柔，所以排斥，因為害怕自己習慣後，會像以前一樣。

到最後，又只剩她一個人無助的待在黑暗裡。

男人沒有回話，兩個人之間瀰漫著一股尷尬。

有點慌，紀緋嚥了嚥口水。

「我不知道妳對我怎麼想，紀緋。」林雨誓將車子停在路邊的暫停區，將視線定在女孩的後腦勺，「但是，不要拒絕別人對妳的好。」

「至少不要拒絕我對妳的好，因為我不會丟下妳一個人。」

紀緋的臉瞬間滾燙，這話怎麼聽怎麼曖昧啊。

「我不知道妳過去曾經發生過什麼，但是就我的觀察，妳給人一種很嚴重的疏離感，幾乎是拒所有人於千里之外，但是我的直覺告訴我，其實妳並不是這樣的人，如果去掉這層疏離感，我想大家都會很喜歡妳。」

「我以為，蔚日音有告訴你。」紀緋道，因為女孩對人的態度的確是好不起來，就算是對林雨誓，偶爾也會因為臉色太難看或是語氣太過冷酷而惹得對方有些不快，她知道，其實林雨誓對她很包容，幾乎不會讓她知道自己的言語帶給對方多少打擊，但是紀緋對於人的情感變化一直都是很敏銳的，有時候，縱然是林雨誓也瞞不過她。

她以為，男人對她如此包容，是因為蔚日音跟他解釋過她會變成現在這樣的原因。

她也很想要和顏悅色的跟每個人當好朋友，但是她辦不到。

「沒有，我的確問過她，不過蔚小姐告訴我，這些事情要妳親自跟我說才妥當。」林雨誓笑著道，蔚日音是個很機靈的女生，她知道林雨誓對紀緋有好感，那時候她只對林雨誓說：「我們家紀緋很難搞的，但，如果她願意告訴你她自己的故事，那或許她對你已經開了一半的心胸了。」

林雨誓在測試，自己在對方心裡，目前的比重有多少。

「你想知道？」紀緋終於是把頭轉了過來，臉上掛著極淺的笑，那是苦笑。

「妳若不願說，我不強求。」林雨誓發動了引擎，「答案，我等到了餐廳再聽。」

十四、有何不可？

林雨誓訂的是一間頗負盛名的火鍋店，正好是紀緋一直想來卻因為價格卻步的美食名單之一。

兩人點完餐後，紀緋捧著熱茶有些恍神，透著從茶杯裡冉冉升起的白霧看著對面撐著頰盯著鍋裡看的男人。

坦白說，她對他確實有點好感。

但是她並不覺得男人會喜歡自己，況且，喜歡跟相信，對於紀緋是兩碼子事。

要告訴他嗎？讓他知道似乎也無妨。

「你知道，我是孤兒嗎？」紀緋突然出聲，道。

林雨誓訝異對方居然真的願意說，隨即搖了搖頭，沒有開口。

似乎是打開了某種開關，紀緋開始闡述著那些，被她埋藏在心裡，幾乎不願對任何人提及的往事。

她的語調有點平板，但並不阻礙男人理解當她經歷這些事情時，所產生的巨大絕望。

「因為這些事情，讓我就算到了高中，還是會被別人訕笑。」紀緋再一次向別人提起這些往事，沒有哭，只是笑著，「總會有些人看我的態度不順眼，而出言攻擊說我就是個沒人要的。」

「其實對於這種攻擊性語言，我告訴自己不要在意，但還是會難過，到後來，我就告訴自己——」

「不要相信，不要期望，不要有情感，這樣，就不會有傷害。」

「到了大學，我告訴自己，或許可以試著和人接觸、相處，蔚日音正是在那時候認識的，好不容易交到了人生第一個好朋友，人際關係也有些微改善時，升大四的時候，交上了第一個男朋友。」

「那是大我一歲的學長，不過我們交往了一年後就分手了，從那之後，我又變回了原本的樣子，就是你現在看到的這樣。」

「那傢伙，因為另一個女生願意跟他上床，果斷的就提了分手。」

「有時候我會覺得自己很可笑，給了多少信任，回報給自己的結果就有多寒心。」

林雨誓靜靜地望著她，然後出了聲，「紀緋。」

女孩抬起了頭，和那雙湛藍色的眼眸對上了眼。

「在我們第一次見面時，在我眼裡，妳是一個傷痕累累的人。」男人邊說，邊將剛剛丟下去的火鍋料呈了起來，撈進女孩碗裡，續道，「但是現在的妳，已經不若一開始那樣狼狽了。」

「妳在嘗試著改變，我看得出來，所以妳的努力是有人看見的，不要輕言放棄，現在，我可以告訴你一件事情。」林雨誓的眼裡滿載著笑意，深深地望進女孩的褐色眼眸裡。

紀緋被這眼神盯著，覺得自己在對方的視線下，一切偽裝似乎都無所遁形，她有些遲疑的問道：「什麼事情？」

「不只是蔚日音站在妳身旁，還有我，所以不要太害怕，我們會幫妳，在妳覺得無助的時候，替妳打氣。我不會介意妳擺臉色，因為我知道那也不是妳願意。」

「但是我希望我可以，成為讓妳打從心底露出笑容的那個人。」

紀緋低下了頭，耳根子都紅了起來，猛扒飯，半晌，將口裡的食物全吞下去後，突然道：「有時候真羨慕你，總是那麼從容不迫。」

林雨誓微笑道：「並沒有，坦白說，我現在很緊張。」

「為什麼？」紀緋抬起頭瞪著對方，這傢伙還是笑著，看起來很自在悠然，相對於她的窘迫，真是令人火大。

「因為有些話在面對妳的時候很難以啟齒，我在想現在說這些不知道合不合適。」林雨誓的笑容維持得很好，在看見女孩的臉紅透後，笑意更深了些，「但是後來想想，因為我好緊張，所以算了。」

「林雨誓！」林雨誓果然是激怒紀緋的天才，這不，她又炸了，「你不要太過分！」

「我可什麼都沒幹。」男人一臉無辜。

……好火大，紀緋想著。

一直到這頓飯局結束，女孩坐上男人的車之前，他們都沒有交談。

最後還是由男人打破兩人之間的沉默，「妳真的想知道，我想對妳說什麼嗎？」

男人看起來已經沒有剛剛的輕鬆自在，他很認真的看著女孩，臉上已然失卻了玩味的笑容，藍色的眸無比深沉。

紀緋點頭。

「妳願意和我交往看看嗎？」林雨誓在話脫口後，也難得有點難為情，「我知道對妳來說，相信另一個人很不容易，但我向妳保證，我不會讓妳失望。」

有點像是做錯事的小男孩，男人有點不知所措，看著這樣的他，紀緋笑出了聲，在對方訝異的看著自己時，紀緋用著自己都不曾預料到的平靜語氣，微笑道。

「有何不可？」

紀緋其實不太記得自己是怎麼跟男人道別的，等到她回到家裡腦袋才開始發熱。才意識到，男人對她告白，這件事情。

紀緋打給了蔚日音，對方似乎是在玩遊戲，一接起來就很急的對著紀緋道：「小紀？怎麼啦？如果不急的話等我一下，BOSS快推倒了。」

「好，等等Sky聊。」紀緋將電話掛掉後回到電腦前，打開了語音軟體，盯著螢幕發呆。

過了大略五分鐘，蔚日音打了過來，「小紀，怎麼啦？」

「蔚日音……林雨誓，跟我告白了，而且我還說了好。」紀緋喃喃道。

蔚日音突然沒了聲音。

一秒、兩秒、三秒……

「妳說，妳答應跟他交往了？」蔚日音不敢置信。

「嗯，我答應了。」

蔚日音啞然，好一陣子，她才找回聲音：「老實說，雖然我覺得你們兩個早該在一起了，但是我沒想到林雨誓居然如此輕易的就把妳弄到手。」她笑了笑，「不過，這是好事啊，他人很好，各方面都很值得信賴。」

「就是因為太好了，讓人有點無法相信他居然跟我告白的這件事情。」紀緋抱頭，「我開始覺得自己配不上這人了。」

「你們就試試看吧，我覺得在他心裡，或許他也覺得自己配不上妳，這是情侶效應啊。」蔚日音開始作壁上觀了，「不管了，妳快點給我上線，妳很久沒幫我打副本了，要打二十人副本！」

紀緋對於朋友如此跳痛的思路早就習慣了，無奈的回應著，「是、是，會長大人，小的馬上來。」

算了，既然都答應了，那就順其自然吧。

就像那時候的自己所回答的。

有何不可？

紀緋登入遊戲後，馬上看見蔚日音急吼吼的傳了好幾個副本邀請，紀緋一邊無語的處理漫天飛舞的要求，一邊對著蔚日音說：「妳急著嫁女兒啊？這麼急做什麼？」

蔚日音嘿嘿笑了一聲，「我的女兒已經嫁出去啦，我怎麼可能急這個呢？我親愛的小紀啊，這個副本的BOSS會掉稀有藥材，妳我幫出個力吧，他血太厚了，之前打都團滅。」

「……妳給我閉嘴，蔚日音，快點進本。」被調侃的紀緋深呼吸，再吐氣……

這是一個難度中上的二十人本，大約在一個月前新推出的，叫做雲堡。

顧名思義，是一個建立於雲層之上的雲造城堡，整個副本最大的賣點就是所有場景都非常適合截圖做為桌布欣賞，所有的怪物都白白胖胖非常討喜外，這裏的BOSS所掉落的材料極適合入藥。

幾乎是女性玩家的攻打聖地，但是大部分人進來也就是到此一遊了，這副本的怪物看來白淨可愛，實際上兇的很，大多玩家在一開始都是捧著愛心進來、躺著出去的。

一踏出安全區，一大堆毛茸茸白呼呼的雲團朝自己撲來，紀緋心雖有不忍，攻擊卻還算凌厲，但隨著耳機裡不停的傳來怪物們啪唧啪唧的叫聲，紀緋心都軟了，攻擊也漸漸緩了下來。

雖然紀緋對很多東西都不太感興趣，但她其實是很喜歡那些軟綿綿、毛茸茸的東西的。

不，確切的形容是，對於可愛的事物近乎沒有抵抗力。

「小紀！回魂喔！我都忘了這是妳的死穴了……妳給我卯起來揍啊！大不了我再買一個雲

團玩偶給妳就是了。」蔚日音這裡開始感到吃力，正要叫自己身旁那尊大神幫個忙，才發現她根本就在划水。

「喔，好。」紀緋馬上就開始認真了，而蔚日音默默的拭淚。

這算不算是另一種層面的課金啊？

在蔚日音的威逼利誘下，這副本終於是被硬推過去了，而紀緋這傢伙，居然還上網找了自己想要的那一隻雲團玩偶，把網址丟給了她。

那可是等身大的棉花糖型雲團啊，蔚日音看著那一串價格，突然覺得，這藥材真的好貴啊……

公會裡開始閃起一陣招呼，原來是與世長辭上線了，蔚日音馬上私訊哭訴，「紀緋欺負我。」

林雨誓看見這條訊息後，微笑道：「沒關係，我回頭扣她薪水。」

紀緋打了個噴嚏。

奇怪，一定是有人想我了，鼻子好癢。

下一秒，林雨誓馬上在語音軟體上傳了一條語音訊息給她，「妳怎麼威脅人家買抱枕給妳？」

紀緋語音一邊對蔚日音罵道：「妳怎麼找林雨誓告狀？那可是妳自己說要買的！」手上也沒停，「我沒有威脅，她自己跑過來抱我大腿的。」

林雨誓失笑。

他一上線就看見公會頻道裡不停閃爍著女玩家們在攻打雲堡時不停發出的愛心符號，才聽說BOSS被推倒，就看見會長大人，女扮男角的蔚日音找自己哭訴。

於是林雨誓對於紀緋的喜好又長了見識。

他現在正在新手野區刷小怪，偶有新手來圍觀大神，他也就當作沒看到，專心致志的刷著自己的材料。

紀緋這裡跟蔚日音鬧騰完後，傳了私訊給林雨誓，「忙著？」

「刷材料。」

好吧，從上司升級成男朋友後，回答比預料中的還要再多了兩個字。

至少不是只有「刷」一個字，不然紀緋真的會跑去把這尊大神宰掉。

「幫你刷？」九點，估計林先生再一個小時就會關電腦休息，加上前陣子的忙碌，他的材料可能沒什麼進展，照他這種慢吞吞的刷法，誰知道他要刷到民國幾年。

林雨誓已經懶得打字了，這不，通話請求已經在版面上跳了。

紀緋猶豫兩秒後，還是接了起來，其實對於剛剛晚餐發生的事情，她其實還是有點反應不過來，還不想這麼快就跟林雨誓……有所接觸。

通話上的接觸。

所以她一接通語音，馬上道：「你在哪？」

一句話又急又快，反而讓紀緋意識到自己欲蓋彌彰的小動作太過明顯，聰明如林雨誓，怎麼可能聽不出來呢？但林雨誓只是淡淡地回答座標後，繼續刷著小怪。

跟平常別無二致。

林雨誓很懂得見好就收，像現在這樣，他不會再刻意以其他方式去突顯女孩的羞窘，他只需要讓她知道，就算名義上的關係改變了，他們倆的相處模式卻不會因此而有天翻地覆的變化。

因為紀緋不適合這種方式。

「平常心，妳跟我的相處就跟平常一樣，妳不需要急切的去改變些什麼，順其自然就好。」依然是慵懶帶笑的語調，卻讓女孩一顆擺盪的心定了下來。

紀緋淡淡的嗯了聲，心卻暖暖的。

跟林雨誓組起隊後，一起在新手區刷怪，偶爾閒話家常幾句，沒話時就聽著對方鍵盤穩定敲擊的聲音，只是旁邊圍觀的人稍嫌多了點，但是因為他倆都是常常被玩家圍觀的對象，那些閒雜人等倒是造不成多大的影響。

林雨誓像是突然想到，道：「我明天請假了。」

「嗯，去哪？」紀緋已經能夠比較平常心的跟他話家常了。

「跟我父親吃飯。」林雨誓笑了笑，「有些事情，等我跟他吃完飯再告訴妳，明天會議妳也不用去，老闆說這次會議只召集程序部。」看了下時間後，一貫早睡的林雨誓對著紀緋道：

「我先去休息了。」

紀緋道：「晚安。」

「早點睡，別常熬夜，晚安。」通話就這麼掛了。

紀緋盯著遊戲畫面好一會，嘴角止不住的上揚。

果斷將電腦關機後，紀緋就跑去盥洗了，而直至她躺到床上，意識沉寂的前一刻，某個念頭不停的轉著。

有人關心的感覺，真好。

十五、家庭鬧劇

今天是林雨誓家庭聚餐的日子，早上六點便搭車南下的他此時揹著單肩後背包靠在某車站的大門口柱子上，此時正是上班與上課的尖峰時段，車站熙來攘往，他雖沒擋路，但混血兒的外型一如往常的讓他吸引了眾多路人的注意，當然，女性的視線偏多。

然後他看見一名與他長相相仿的人遠遠的對他揮了揮手，慢慢的走近。

「奇怪，你是不是長高啦？」林雨央看著比自己再高出一些的弟弟，皺眉。

「請不要總是選擇性遺忘我本來就比你高的事實。」林雨誓挑了挑眉，手還很惡劣的朝自家哥哥頭上蓋下去，「矮子。」

林雨央氣得直反抗，兩兄弟幼稚的打鬧一會後，才終於是正經了起來，「你跟爸約幾點？」

「十二點，所以我們還有時間可以去我家打個PS4。」林雨央早就想好了，前陣子買回來的遊戲片都沒人陪他玩，他都要悶死了，好不容易跟自己弟弟聚聚，當然得好好領教一下他電動打得如何。

「大嫂呢？你確定她不會生氣？」林雨誓與林雨央並肩走著，閒話家常，「我記得她上次把你的XBOX直接砸爆。」

「別提了，多傷心，那台我才新買沒多久……我最近幾乎沒玩，她應該不會太生氣。欸，久久跟你玩一次，不至於吧？」林雨央說著說著，自己又有些遲疑了。

「我怎麼知道，她是你老婆，又不是我的。」林雨晢聳肩，「工作如何？」

林雨央跟林雨晢雖然氣質、長相十分相近，但是各自的興趣可是天差地遠，林雨晢喜歡音樂，而林雨央喜歡拆解、組裝。

大學念機械系的林雨央現在是一個平常忙到爆肝的工程師，今天也是特別為了聚餐請了特休，不然這大忙人是見不到影的。

「還能怎麼樣？忙死了，好不容易請到特休，你看現在才幾點？我剛剛就接到兩通電話，說是越南廠那裡的貨出了問題，耐摔測試三萬次才叫做合格，結果第一台摔了四百次就爆了，整批貨重來。」說到工作，林雨央忍不住嘆了口氣，「也不知道越南廠到底在幹麻，氣死了。」

林雨晢笑道：「工程師，自己選的喔。」

林雨央瞪他，「不說了，你呢，工作如何？」

「忙了一陣子，公司要推傲日的第二版了，音效全部打掉重來，不過現在已經暫告段落了。」林雨晢在工作上，不順心的事情可少了，尤其是他在公司的時候幾乎都在玩電腦，其實有點坐肥缺的嫌疑，不過公司從上到下似乎都同意林雨晢是最適合坐這肥缺的人，對於他幾乎沒人會有意見。

「你上班根本都在偷懶吧。」林雨央鄙視。

「把事情做完，偷懶就不犯法。」林雨誓聳肩。

林雨央還真不能反駁。

林雨誓的工作也是責任制，理論上他只要把事情完成就能回家，不過因為身兼主管一職，待在公司對他來說方便的多，不然部門裡出了什麼問題他還得再從家裡回到公司，於是他還是習慣在公司待到五點或六點再回家。

兩兄弟默默無語的再走了一段路，半晌，林雨央問道：「弟弟，有對象了沒？」

老實說，林雨央對自己弟弟的持續單身感到有些擔憂，畢竟林雨誓的上一段感情對於他來說並不是多麼愉快的回憶，林雨央比較害怕的是他弟弟因為上一段感情的傷害，就這樣決定當黃金單身漢一輩子。

他弟弟這個人已經夠會藏心事了，沒人陪的話，他遲早會把自己憋死。身為林雨誓的哥哥，他可以說是最了解林雨誓的人，林雨誓雖然看起來獨立，那也是看起來而已，其實他比誰都需要一個能夠讓他依賴的人，如果有個人能在他身旁站著，對林雨誓來說是再好不過了。

「嗯。」林雨誓淡淡的應了聲，嘴角微勾。

林雨央跳起來，「什麼時候的事情？哪裡認識的？差你幾歲？叫什麼名字？男的女的？」

「秘密，公司，小我三歲，不告訴你。」林雨誓一派輕鬆，林雨央傻在原地，林雨誓鄙視的看著自己哥哥，「還有，當然是女的，我並不會因為曾經遭受打擊就轉移性向，你多想了。」

得知弟弟終於有對象後，林雨央表示欣慰，而這也是第一次，他弟弟願意心平氣和地提起「遭受打擊」這件事。

「看來你已經完全釋懷了嘛。」林雨央壞笑著搓林雨誓的頭。

「都過四年了，我沒有這麼記仇，況且現在的我已經找到目標了。」所以不會再因自己迷惘。

「那就好。」林雨央畢竟是林雨誓的哥哥，對於弟弟還是會擔心的，不過現在看來是能夠稍稍放心了。

林雨央家到了。

在開門之前，林雨央回頭對著那個長相和自己十分相像的男人道：「找時間，帶來給哥哥看吧。」

「那也看她願意不願意了。」笑道。

估計是看不到吧？林雨誓腦裡浮現出女孩那對於生人的絕對警戒表情，嘴角微勾。

而紀緋在睡夢中又打了個噴嚏，隨即將自己整個人都縮進被子裡，迷迷糊糊中還在心中想著，「又是誰在說我壞話……」

✚

「大嫂，好久不見。」林雨誓微笑著跟一個罩著斗篷的嬌小女人打招呼，女人的外貌看起來大約二十出頭，不過實際年齡已經接近三十了。

身高一百五十三，具有一張極有欺騙性的娃娃臉，整個人看起來就像個精緻的洋娃娃，簡言之，正中老哥好球帶的蘿莉類型。

「雨誓阿，最近怎麼樣？」女人窩在沙發上，很像一團黑色的饅頭，她跟林雨誓也算熟人，對於自己在老公弟弟面前如此沒有形象似乎也不以為意。

「很好，謝謝大嫂關心。」林雨誓客套，但林雨央可不會客套，「妳坐旁邊點，我跟我弟打個電動。」

女人挑眉。

「夏尹熙，老婆，親愛的，拜託，我很久沒玩了，嗯？」林雨誓還是頭一次見到自己哥哥如此無恥，寒毛倒豎。

夏尹熙往旁邊挪了挪，林雨央朝她討好一笑，但在林雨央坐下時，女人用力的朝男人的腰肉擰了下去。

林雨誓則是無視了哥哥的慘叫，徹底將自己與家務事隔離，自己拿起了搖桿，對著正在處理自家老公的夏尹熙搖了搖手上的搖桿，「大嫂，我不客氣了喔？」

「你玩吧，你哥等等還你。」夏尹熙應道。

「不用還了沒關係，他欠修理。」林雨誓笑著將自家哥哥拋棄了，自顧自地開始鑽研他哥的PS4裡究竟都有些什麼遊戲。

林雨央想哭。
一家人度過了堪稱歡樂的一個早晨，兄弟倆十一點的時候便再度出門了。
「吃什麼？」林雨誓坐在哥哥的副駕座，看著窗外熟悉又陌生的風景，有點百感交集。
他的哥哥依舊留在他們打小出生的城市，依舊留在這個滿載回憶的城市。
「義大利麵。」林雨央應，看見弟弟的眼神有些感慨，「這裡變了很多，以前我們玩捉迷藏的空地都不見了。」
「是啊，我練琴的空地也不見了。」以前家裡沒有琴房，練琴會吵到鄰居，所以林雨誓都會躲到離家比較遠的空曠廣場練琴，拿被丟在這的大水泥柱當譜架，那些無家可歸的流浪貓當聽眾。
偶爾，母親跟哥哥也會來當他的小小觀眾。
「很懷念那些時間呢，什麼時候要再拉一曲Por una cabeza給我聽啊？」林雨央問。
他哥一直以來都獨鍾這首，以前林雨誓會拉給他聽。
「考慮考慮，等你北上再說？」林雨誓回。
「好吧。」
一路無語。

林雨誓異常的憤怒，眼前的男人、或說是他的父親，身上的衣物已然濕透。

而林雨誓手上的杯子已經空了。

時間往回倒推一點點。

兄弟倆剛抵店家，就看見自家父親拉著行李箱站在約好的的店家門口，昔日高大的身影此刻見來也有些衰老了，眼神銳利依然，但斑白的頭髮、臉上的皺紋卻掩不住歲月捉弄的痕跡。

雖然不太情願，但林雨誓還是喚了一聲：「爸，好久不見。」

男子看見兄弟倆，頓時眉開眼笑，用力的拍了拍他們的肩膀後，就是一連串的問候、家常，就像個爸爸一樣。

但林氏兄弟對此卻感到有些無福消受，畢竟在他們心裡，他是個兇手，害死母親的兇手。

一家人點完了餐，林父終於是道出自己這次回來的目的，「雨誓啊，爸爸老了，我覺得我已經不適合再經營這個企業啦，你夠大了，能力也很出色……不如爸爸提名你當我公司的下任董事如何？加上爸爸給你的股權，絕對是穩坐的？嗯？」

「爸，我對於管理大型企業沒有興趣，我相信社會上有更多更出色的人比我更適合去管理您的公司。」林雨誓推辭，而林雨央喝水不說話。

父親拉攏的言詞，林雨央早聽過了。

「兒子，你們難道都不能理解我的苦心嗎？我希望你們以後可以過上衣食無虞的生活，我們自家的產業也不會被外人拿走，豈不兩全其美？況且你們並不是沒有能力，正是因為有，為父才會希望你們接手。」林父苦口婆心道。

「父親，我們靠自己也能夠衣食無虞，如果您執意要給，那股權就兄弟一人一半，這樣公平。」林雨晢一雙藍色的眸，靜靜地望進林父的一雙鷹眼。

眼底的情緒一如往常的只對他們寵溺，但是兄弟倆從不領情。

「你是故意裝傻嗎？雨晢，你明知道只有……」

「只有我們繼承你完整的股權，才能夠名正言順地成為最大股東。」林雨晢接了下去，「父親，但是我們一點都不想要繼承你的公司。」

「這可是你們母親最大的希望！希望你們兩個未來不用為了生活費困擾！最好……」林父的話又沒能說完。

因為林雨晢手上一杯水直接、用力的往林父臉上潑去。

一點水都沒閃過。

似乎是因為太過震驚，林父一時間居然沒能做出什麼反應，而林雨晢的理智瞬間被異常憤怒的情緒佔據，「你以為搬出母親，我們就會同意？你以為我們跟你不親是為什麼？你以為我們什麼都不知道嗎！」

林雨央眼看弟弟已經打算衝上去胖揍父親一頓了，連忙拉住了他，「雨晢，不要衝動！」

「將你視作自己父親，喚你一聲爸，在我心裡讓我有多難過你知道嗎？要不是你為了你的事業夢，為了你現在的公司，媽媽根本不需要死！」林雨晢的手緊緊握拳，指甲都掐進了肉裡，自己卻渾然不覺。

「你對我們再好都沒有用！因為在我心裡，你永遠都只會是個殺人兇手！」

這一句話宛如一聲巨響，震得林雨央、林父的心裡都嗡嗡作響。

林雨誓大力喘息著，一向彬彬有禮的形象蕩然無存，一雙藍色的眸滿載著悲傷，泫然欲泣，「你，到底有什麼資格作為父親？」

林父一陣口乾舌燥，他以為他隱瞞得很好，也以為自己的兒子們與自己不親近的原因只是因為沒有妻子的從旁調和，而不能互相理解導致的。

他們隱瞞得比他還要好。

「聽著，爸真的很抱歉，我也很後悔……」林父懺悔般的話語在此時此刻，顯得如此多餘。

「父親，請你再也不要出現在我們的生活裡，這個事業、這些錢，請你自己留著退休養老，我們不需要。」好不容易將情緒控制下來的林雨誓冷靜的道出這些話後，轉頭對著一旁要上菜卻看家庭鬧劇看呆了的服務生道：「我們的餐點分開打包，店裡桌椅被潑溼的損失我會賠償。」

然後便跟著服務生走了。

林雨央被留在原地，走也不是，替父親整理儀容也不是，只是站著不說話。

林父深知自己不管再做什麼、說什麼，對於挽回破碎的親情都於事無補了，默默的起身，臨走前，對林雨央道：「你母親的墓，就在××公墓的西區。」

林雨央知道，男人這一走，可能就真的不會再打擾他們的生活了，林雨央開口叫住了林父的腳步，「爸。」

「對於媽媽的事情，你真的感到抱歉過嗎？」

林父頓了頓腳步，沒有回頭，「我很後悔，但是已經來不及了。」拖著行李箱離開了。再後悔，人都不會死而復生。

林雨誓提著餐點走了回來，看起來又恢復成平常的林雨誓了，但林雨央知道，他只是把所有的情緒藏在心底而已。

林雨誓靜靜的看著林雨央，低下了頭，「對不起，我搞砸了。」

林雨央摸了摸弟弟的頭，「沒關係，至少，我們自由了。」是呢。

我們自由了。

林雨誓坐在有些晃的區間車上，有些恍惚。

手機裡跳出了紀緋的訊息，「聚餐如何？」

林雨誓撥了通語音通話過去，而紀緋立刻接了起來，她問道：「所以，聚餐如何？」

「搞砸了。」男人的聲音裡透著濃濃的疲憊，還有一絲絲的難過。

紀緋不知道要說什麼，她一向不擅長安慰人，一聽就知道，林雨誓現在心情非常、非常的糟糕。

「我……回去跟妳說。」林雨誓道，然後先掛掉了電話。

紀緋這裡有些不知所措，她能不能為他做些什麼？剛剛的通話裡，可以聽得出來男人在火車上，紀緋望著溫度計還有陰雨的天氣，最後還是鼓起勇氣全副武裝，跨出溫暖的小窩，撐了一把大傘出門去了。

坦白說，林雨誓非常意外看見女紀緋出現在車站，但這份意外卻讓他的心情瞬間好轉不少，看見那個在人群裡拚命縮小自己、不和人碰觸到的女孩，心裡莫名暖暖的。

但他還是加快了腳步走向女孩，手輕輕的拉住了她的袖子，把她往人群外帶。

直到出了車站，女孩才有餘力對男人道：「你怎麼看到我的？我都沒看到你。」

「當一個人在人群中拚命縮小身形的時候，看起來是很顯眼的。」林雨誓的眼裡終於有了笑意，「妳怎麼知道我坐火車？」

「聽到的。」紀緋指了指自己的耳朵，「喀噠、喀噠的聲音。」

「真是觀察入微。」林雨誓稱讚道，不意外的看見女孩有點難為情的表情，一雙大手輕輕的牽上了她的手，發現對方並沒有感到不愉快後，開始厚顏無恥了起來，「妳要不要回我家吃飯，雖然這義大利麵有點冷掉了。」

下午四點，還不到晚餐時間，不過紀緋下午一點半才起床，所以她還沒吃飯，大概可以當作早餐，但是，去他家？這倒是得慎重考慮。

看見女孩陷入沉思，林雨誓失笑，「又不會把妳當晚餐，妳不用太擔心。」

紀緋聽見男人的一席話，瞬間臉紅，憤恨地打了他一下。

最後紀緋還是被拐來了，林雨誓的住處。

「你一個人住這麼大的地方？」紀緋穿著室內拖鞋，好奇打量著。

「嗯，這裡是我母親以前名下的財產，不過現在算是我的了。」林雨誓道，正在掛外套的他一回頭，看見女孩正躊躇著要不要偷看他房間的舉動，就又笑了出來，「想看就進去看，我不介意。」

「那就打擾了。」紀緋得到同意後，就不客氣的踏了進去。

很乾淨，牆壁上貼著一些他跟家人的合照，房間的一角擺著一架小提琴，可以感覺得出來小提琴的主人每天都很用心的在養護它。

然後紀緋開始研究牆上的照片，有一張特別吸引她注意力。

照片裡有兩個男孩，約莫是國高中生年紀，其中一個是林雨誓，另一個年紀較大的似乎是他哥哥，照片中還有個女人，那是一名很漂亮的外國人，一雙湛藍色的眼睛還有茶色的頭髮跟兄弟倆簡直如出一轍。

「那是我哥哥跟我媽。」林雨誓靠在房間門板上看著女孩，而女孩本來正專心致志的研究照片，被男人這一出聲嚇個正著，不過她還來不及表示不滿，還來不及思考的字句就脫了口，「所以你今天跟你爸媽吃飯嗎？」

「只有我爸。」林雨誓走到女孩身旁，一起看著這張照片，臉上的笑容有些黯淡，「她已經去世了。」

感受到男人的氣場改變，女孩只好伸出手輕輕的拍了拍男人的背，沒有說話。

林雨誓對紀緋露出了一個笑容，「沒事，吃飯吧。」

林雨誓在吃飯的時候，將今天午餐的事情，一五一十的告訴了女孩。

好不容易將義大利麵完食後，紀緋一邊喝著水，也有點忿忿不平，「你爸怎麼可以這樣？」

林雨誓聳肩，將桌面收拾乾淨後，「至少以後他不會再來打擾我的生活了。」

「真樂觀。」紀緋癟了癟嘴，默默的移駕到沙發上。

「情勢所逼。」林雨誓苦笑，泡了杯熱可可遞給女孩暖暖手，天氣越來越涼了。

「下次，不喜歡就別到人這麼多的地方，天氣又冷。」林雨誓叮囑道。

紀緋抬起頭，還捧著可可，對著男人露出了一個不同以往的笑容，「畢竟都是女朋友了，我想或許我可以為你做些什麼，畢竟你平常也幫了我很多……」

紀緋的聲音漸漸弱了下去，因為男人的眼睛一直盯著她看，有點近，笑意很深。

「看來妳也會關心我了呢，我很高興。」

……紀緋知道林雨晢是很不要臉，但沒想到有這麼不要臉。

但或許也就是這種不要臉可以讓紀緋毫無芥蒂的跟林雨晢相處吧。

男人的分寸一直都抓得很好，非常懂得見好就收，看見女孩的眼神已經從害羞轉為鄙視後，馬上就將兩人的距離拉開，還叨唸句，「不好玩。」

紀緋又生氣了，直接將旁邊的抱枕朝男人砸去，幾乎已經忘了這裡是林雨晢家。

兩個人莫名幼稚的開始打起了枕頭大戰，武器是兩個沙發上的抱枕，而最後紀緋完敗。

紀緋覺得莫名火大，怎麼自己什麼都贏不過這傢伙啊？

「不服？再來一場？」林雨晢拿著抱枕挑釁。

「我怕你不成。」林雨晢激怒成功，紀緋拿著枕頭再一次與男人砸得不可開交，依舊完敗。

天色已晚。

終於是玩累了，紀緋攤在沙發上，陣亡，而林雨晢看著時鐘，已經晚上八點，差不多該送女孩回家了。

「八點了，我送妳回家？」

「嗯，那就麻煩你了。」紀緋站了起身，將自己的東西都收拾好後，遲疑了下，「我還是自己走回去就好，其實這裡離我家不遠，走二十分鐘就到了。」

「我陪妳走。」林雨晢笑道，紀緋仍是感到有些受寵若驚，卻又有些恍神，林雨晢似乎對每個人都這麼好，有點吃醋。但在男人牽上紀緋的手後，那股暖意，緩緩的從她的掌心傳到了心裡，跟那杯熱可可一樣溫暖。

至少，男人的這份溫柔，只有她擁有。

十六、青梅竹馬

今年的天氣不知道是怎麼回事，突然在一個禮拜內降到紀緋認定的人生最低溫。

女孩縮在被窩裡，看著窗戶泛起的白霧，有些慶幸自己不需要出門上班，手機裡充斥著蔚日音的訊息，不外乎是嘶吼著外頭好冷學校好沒良心云云。

紀緋笑了笑，拍了張自己被子的照片給她看，立刻收到好朋友的中指照片，不過因為帶著手套，中指看起來肥肥短短沒什麼殺傷力，只讓人覺得好笑。

忍痛短暫離開被窩，紀緋將充飽電的筆電拖到了床上，架起了懶人矮桌，裹著層層棉被就在床上開起了遊戲，不料今天早上是系統的伺服器維護時間，很久沒有這麼早起玩遊戲的紀緋暗道疏忽，已經清醒的她再躺下去是睡不著的，但肚子還不餓，也不想看電視。

幾乎縮成暴龍模式的紀緋深知自己再不找點事給手活動活動的話，等等就會變成僵硬的暴龍了。

紀緋想了想，決定去看看傲日二的體驗版現在擠不擠得進去，前陣子因為玩家反應太過火熱，導致伺服器無法承載，緊急在總部架設了幾部高規格伺服器分流才稍稍紓解當機問題，惹得公司有好一陣子又是一陣手忙腳亂。

都過了一個月多了……玩家的熱情應該稍微減退了才對，抱持這樣的心情，紀緋試著用舊帳號登入看看，果然進去了。

試玩版很簡單，行動範圍被侷限在新手村，所有的裝備、武器還有怪物都是最初階的，其餘的功能都顯示為未開放，不過在新手村的紀錄似乎在之後會繼承到正式遊戲裡。

幾乎就是讓人進來晃晃而已，不過那些未開放的字樣確實會讓人忍不住想知道究竟是什麼，好奇心驅使，肯定會有很多人被這些「未開放」吊足胃口。

紀緋拿著最初階的細劍在範圍不大的野區中晃悠，音效已經非常擬真，依照距離遠近，聲音的大小會自動調降，在經過某些人身旁時甚至可以聽見他們的交談聲，而走遠時聲音會漸漸微弱。

雖說早有心理準備，不過實際體驗到時還是有點小小震撼，要知道，這種音效的細化可是非常吃資源的，果然程序部忙得天昏地暗不是忙假的。

景色也比以前更加細緻了，整個遊戲度的解析度都提升了不只一個階級。

加上新手村的背景配樂可是他們音設部的心血，總體對試玩版的評分是八分。

她記得距離正式開放還有一個禮拜，不過身為公司內部人員，當然可以靠點關係直接連進還未開放的正式伺服器，不過現在進去不能接任務、打怪可以，但也不會有經驗，對於紀緋來說就是個地圖放大的試玩版，誘因還不夠大，至少對紀緋來說那還不足以讓她去跟公司人員厚臉皮要伺服器位置。

紀緋只好聊勝於無的刷起論壇，官方發布的遊戲情報置頂，而且熱度絲毫不退，都是些關於傲日二的消息，但紀緋卻沒有點進去的打算，畢竟那些東西她大部分都已經從同事那裡知曉了。

說到同事……紀緋忍不住想起前陣子開完會，音設部的閒聊。

雖說紀緋一如往常的非常冷漠，也鮮少與音設部的同事們交談，但是大家在摸清她的個性後，其實也都習慣了，知道女孩只是看起來不關心，不過是有在聽的。

「我說，我們在傲日裡開個公會吧！專屬於我們音設部的！」井溫毅提議道。

「行了，你提議的話，那不就是個情報公會了嗎？阿毅啊，我們雖然是女生，但可沒你八卦！」圓圓臉女孩笑罵。

「小胖，話不是這麼說啊。」井溫毅覺得很受傷，「我那只是消息靈通，不叫八卦。」

雖然被叫做小胖，不過圓圓臉女孩也沒有生氣，似乎已經習慣了，「那就是八卦。」

而楊雲柳則是撐著頰，「其實這提議還是挺可行的，但是這公會也得有總監才夠強啊。」

雖然有點私心的嫌疑，不過楊雲柳說得倒是沒錯，他們總監的遊戲實力在公司裡也是人盡皆知，而紀緋在一旁聽著，也轉過幾個念頭，有個音設部的公會是很不錯啦，但是蔚日音也打算在傲日二裡重創個公會，她如果跳槽了，總覺得有點對不起自家好朋友。

「小紀，妳覺得呢？」圓圓臉女孩本來就是音設部裡較為圓融的角色，也是少數幾個會主動跟紀緋說話的同事，其他人並不是因為討厭紀緋，只是還沒找到方式跟她聊天，不過女孩進公司其實不知不覺也已經半年了，大家對她也算相熟。

突然被問到的紀緋有點愣住，不過她盡可能讓自己的語氣聽起來不要這麼尖銳，道：「我跟朋友有約了。」

「咦？朋友？誰啊？搞不好我們認識喔。」井溫毅八卦的血液又翻騰了起來，不過說可能認識是真的，畢竟大家所學都差不多，例如井溫毅其實早對紀緋有所耳聞，她在大學時也算是風雲人物，只是實際接觸後發現比傳聞中還要難以親近不少。

「蔚日音，我大學同學。」紀緋道，而井溫毅的笑容瞬間僵在臉上。

楊雲柳則是吹了聲口哨。

「蔚日音？妳說的蔚日音是蔚藍的蔚？日光的日？音樂的音？」楊雲柳問，而井溫毅的笑容已經有些掛不住了。

「對。」紀緋點頭，「請問怎麼了嗎。」

「這說來有點複雜啊……」楊雲柳看起來興致盎然，而紀緋心中的疑問因為這句話的停頓開始擴大。

「不要說！」井溫毅有點慌亂的阻止楊雲柳繼續說下去，隨後拉著楊雲柳落荒而逃。

紀緋有些莫名，而圓圓臉女孩聳了聳肩，對紀緋說道：「想不到我們還挺有緣的？蔚日音是我高中的直屬學妹啊！」

「真巧。」紀緋笑了笑。

「是啊，找時間大家一起吃個飯吧，那我先走啦。」圓圓臉女孩揮了揮手，四周的人也漸漸散去。

紀緋那天回家後便將這件事給忘了，不過現在都想起來了，她不介意動動手指去干擾蔚日音，看了下她之前傳給自己的課表，她這時間應該沒課才對，於是她發了條訊息，「蔚日音，有空的話回個訊。」

回訊很快就來了，「嗯？」

「井溫毅，認識嗎？」

「……」

下一秒，蔚日音就用語音軟體打了過來，劈頭就是一句，「妳認識他？」

「妳先說妳跟他什麼關係，我再告訴妳。」紀緋挑了挑眉，這口氣聽來是有姦情啊。

「……那傢伙是我的青梅竹馬。」蔚日音在電話的另一端皺起了眉，似乎一時半刻無法理出完整的思緒，「今天晚上我去妳家吃飯，順便跟妳說清楚，可以嗎？」

「嗯。」紀緋應了聲，「想吃什麼？」

蔚日音聽見這句話，原本複雜的情緒一掃而空，語氣像隻興奮的小狗，「我要吃馬鈴薯燉牛肉！還有海鮮燉飯！」

紀緋受不了，罵道：「那個要煮很久，況且我還要出去買食材，很冷……」

「我不管我不管我不管！我、要、吃、馬、鈴、薯、燉、牛、肉！還有海鮮燉飯！我要吃！」蔚日音無賴，跟個小孩子一樣，紀緋暗自嘆氣。

算了，就當作挖閨蜜心事的報酬吧。

於是紀緋就這樣頂著凜冽寒風踏出了家門。

估計下午的時間都要貢獻在煮飯上了。

又嘆了口氣，不過紀緋隨即勾起了淺淺的笑。

算了，誰讓她是蔚日音的好朋友呢？

✚

「喔喔喔喔！小紀！我愛妳！」蔚日音一踏進紀緋家門，聞到滿房的香氣，馬上給了紀緋一個大擁抱。

「行了，我快被妳勒死了，放手。」紀緋死命抵抗，不過還是被蔚日音給用力的抱了一下才被放開，蔚日音也不打招呼，就直接往餐桌上衝。

「我們家紀緋真是賢妻良母啊！林雨誓還沒嘗過妳的廚藝吧？」蔚日音已經熟門熟路的去拿了碗跟筷子，非常自動的去廚房裡呈了海鮮燉飯，還自認為貼心地替紀緋也呈了碗，將廚房裡的菜一樣樣給端了出來。

看見好友如此自動，紀緋也不在意，坐定後看著蔚日音忙進忙出，道：「當然還沒，哪有這麼快？」

「誰知道呢？林雨誓的效率可是高得令人不敢恭維啊。」蔚日音意有所指，紀緋瞪她一眼，「吃妳的飯。」

「哎，能吃到妳煮的晚餐真的好幸福，今天的剩菜可以讓我帶便當吧？」蔚日音傻笑，她可是特意回家了一趟，拿了空的便當盒準備要裝儲備糧過冬的。

「可以啊，我要收費，妳只要付我今天的材料費我就讓妳把所有剩的都帶回去。」紀緋伸手。

「那有什麼問題，我全包了。」蔚日音猛扒飯，「妳如果在我家樓下開間餐廳我一定天天光顧。」

「我才不要。」紀緋本身廚藝雖然很不錯，但不愛煮，偶爾開一次火而已，「蔚日音，妳別忘了我可是有事情要問妳的。」

蔚日音僵了僵，隨即討好笑道：「您大人先動筷，小的邊吃邊向您彙報？」

紀緋聞言，便端起了碗筷，靜靜地開始吃。

「井溫毅，是我的青梅竹馬。」蔚日音邊吃邊道：「我跟他小時候是鄰居，算是從小玩到大的玩伴。」

「不過後來我們的關係有點……尷尬，主要是因為家人的關係。」蔚日音的表情像是在回憶不堪回首的過去，有點懷念，但卻又有些憂愁，「我跟他在高中時期交往過很短的一段時間，但是我們兩家從以前就有點不合，光是盆栽擺哪就可以大吵一架，所以我們倆的戀情是完全不被允許的。」

「那段時間他為了我，跟他的父母爭執了很多次，甚至讓他跟家裡關係完全破裂。」蔚日音的語氣有些難堪，「後來他們家為了讓他不再跟我有任何牽連，所以舉家搬遷了。」

「因為他們家的人認為是我毀了他們的寶貝兒子，或許的確是如此……坦白說，對於他的家人還有他，我很愧疚，因為我的任性，讓他們家人之間出現了裂痕。」蔚日音頓了頓，「從那之後，我就再也沒有他的消息了。」

畢竟那個時候，網路還說不上多發達，與另一個人失去了聯繫後，想要再找到他，其實不是什麼簡單的事情。

況且蔚日音並沒有特意去找，那就更不會有聯繫了。

「那，楊雲柳妳認識嗎？」紀緋吞下了口中的食物後，問。

「她是井溫毅的表姊啊。」蔚日音反過來問了紀緋，「妳怎麼跟他們倆扯上關係的？」

「他們是我同事。」紀緋道：「你高中的直屬學姊也是我同事，她說有時間一起吃飯。」

蔚日音差點把飯給吐了出來，紀緋身邊都是什麼人啊？她問道：「妳說江敏軒學姊？」

「坦白說我不知道她的名字，沒問過，而且連林雨晢都叫她小胖。」說到這，紀緋也有點臉紅，都共事一段時間了，還不知道別人的名字有些不厚道。

「……那就是了，我學姊不喜歡別人叫她名字，寧願別人叫她小胖。」蔚日音對於高中時的直屬學姊還是很有印象的，算是感情還不錯，不過畢業後就沒聯絡了。

「有需要井溫毅的電話嗎？」紀緋撐頰問道。

蔚日音猶豫，不過也沒猶豫太久，馬上就點頭，「給我吧。」

「畢竟我的確欠他一句道歉。」蔚日音笑道。

紀緋連同小胖的電話都給了蔚日音，讓她自己折騰去了，她吃飽後，先是自己呈了兩盒便當的量，早料到蔚日音要包飯，她就多煮了不少，在自己裝完兩盒飯後，蔚日音還能再裝兩盒，馬鈴薯牛肉更是另外再裝了一盒。

剩下大概一碗的量，就是紀緋明天的晚餐了。

蔚日音看起來沒打算要走，紀緋猜她的包包裡裝了一套衣服。

「妳今天要住我這？」雖然知道答案，不過紀緋還是確認性的問了下。

「當然，妳這裡網路跑得快。」

紀緋想打她，現在就想。

最後紀緋還是沒有痛下毒手，任憑蔚日音蹂躪自己溫暖的床鋪。

明天是禮拜一，早上要去公司開會，蔚日音也要上班，紀緋很難得的提早熄燈，看著一旁把別人家當作自己家的蔚日音把她睡覺時抱著的抱枕搶走，紀緋還是只能無奈地嘆氣。

好朋友嘛，招惹上幾乎就分不開了，就隨便她吧。

十七、愛心便當

隔天，蔚日音早上五點……對紀緋來說他媽超早的時間，蔚日音就把紀緋給挖了起來。

起床氣非常非常嚴重的紀緋隨便抓了一個枕頭往蔚日音頭上砸去，平常說話還算有禮貌，髒話再罵頂多悶在心裡的紀緋此刻說話一點都沒在客氣，「幹，拎祖嬤還沒睡飽妳他媽叫屁叫？」

蔚日音被這怒氣滿點的話語和枕頭砸個正著，才想起好朋友起床氣很重的這件事，太久沒跟她睡一起，都忘了。只好討好般笑笑，「抱歉抱歉，您大人繼續睡，小的不吵您了，我先去上班了。」

紀緋把自己埋回了棉被裡，手隨意的朝蔚日音揮了兩下後便也縮了起來。

蔚日音看紀緋這次沒有繼續攻擊她的打算，拿著免洗牙刷落荒而逃，開玩笑，要是弄到紀緋真的動怒了，蔚日音今天也不用去上班了。

蔚日音安靜地出門後，紀緋安然的睡到八點。

紀緋今天沒有賴床，因為早上被蔚日音吵過了，她再睡下去也睡得不深。

音設部的同事們感情都很好，所以大家常常會約在九點的時候一起在音設部的休息室裡吃早餐、聊天。當然，因為是責任制的關係，所以這樣上班偷懶大家不會說什麼，加上他們的上級是林雨誓這樣一個笑面虎，雖然是老虎，但至少是笑著的老虎，不足為懼。

綽號小胖的江敏萱、井溋毅、楊雲柳……加上幾個紀緋並不熟的員工說說笑笑的在休息室裡聊天，因為休息室是通往其他辦公室的必經地點，所以紀緋不可免的在打開了休息室的門時，受到了音設部同事們眼神洗禮。

下意識就要繃起臉，但紀緋還是努力的笑了下，「早安。」

大家紛紛跟她道了早後，紀緋沒有在休息室多逗留，有點逃跑似的走了。

「紀緋這次有微笑呢，雖然有點僵硬。」江敏萱道。

「有進步有進步。」楊雲柳笑笑，看著一旁仍有些不太自然的井溋毅，「你如果要蔚日音的聯絡方式就快去問吧，我想紀緋沒那麼不通人情，你不也說過她只是看起來帶刺嗎？況且，若蔚日音真的是她的好朋友，你們的事情她應該也知道了。」

井溋毅嘆了口氣，像是下定了決心，也像是終於鼓氣勇氣去面對那些過去。

紀緋這裡不會知道井溋毅的掙扎，有點脫力的靠在門板上，對她來說，這樣毫無心理準備的從別人面前走過，還要擠出笑容實在太累了。畢竟她平常十點才到，以致於總是跟他們的小聚餐錯開。

辦公室的門突然被敲響，紀緋像隻驚弓之鳥，跳了起來，開了一點門縫朝外窺看，看見來人是林雨誓後鬆了口氣。

林雨誓看見女孩如此神經緊繃，大概知道女孩剛剛是經過了休息室，才會這麼緊張，不過剛剛他經過休息室的時候，那裡氣氛還算融洽，紀緋應該是沒有用低氣壓橫掃那裡。

提著手上的紙袋搖了搖，林雨誓笑得如沐春風，「早餐。」

紀緋開了門放男人進來，林雨誓將紙袋放在小茶几上，拉了小板凳坐下，一副他才是地主的樣子怎麼看怎麼火大，不過看在對方還有帶早餐過來的份上，紀緋就不對他計較了，反而有另一件更重要的事情要處理，「你怎麼知道我今天提早過來？」

林雨誓翻開了Skype，上頭是與蔚日音的對話記錄，蔚日音僅僅傳了一條訊息，「紀緋鬧鐘設八點，應該九點就會到公司了。」

紀緋氣結，卻又說不出什麼指責對方的話。

「別生氣，我這不是帶早餐給你謝罪了？」林雨誓還是一副世界毀滅都沒關係的輕鬆泰然，著手將紙袋裡的食物一個個拿出來。

還附帶早餐飲料。

紀緋最後還是乖乖的坐下了，感覺得出來這早餐是臨時去買的，從紙袋就能看得出來這是開在公司斜對面的知名早午餐，算是偏高價位的，不過評價一直都不錯。

有點不習慣有人對自己這麼好，紀緋咬了口培根歐姆蛋吐司，將食物吞下去後，有點難為情道：「以後不用這樣特別準備……我其實沒有吃早餐的習慣。」

平常她總是睡到中午，甚至下午才會起床，一天只吃一餐、兩餐對她來說是常態。

而這些話聽起來似乎有些責怪的意味，但林雨晢從來就不會把這點刺放在心上，一如往常的彎起溫煦的笑容，道：「我能為妳做的不多，所以在發現自己有可用之處後，就會想辦法去為妳做些什麼，這點心情我們是一樣的。還有，不吃早餐對身體不好。」

聽見男人的話，女孩忍不住有點感動，安靜地吃完早餐，心情有點好。

吃完一頓安詳的早餐後，看著被早餐馴服的紀緋，林雨晢笑著問道：「妳今天怎麼突然早來？」

被問到這，紀緋有點支支吾吾，「就是……每次都這麼晚到……有點不好意思，會讓其他部門的人還有上級長官對你印象不好吧。」

畢竟林雨晢是她的頂頭上司，如果她給別的部門印象不好，對林雨晢也會有管教屬下不力的評價，雖然男人對自己的部門是放縱了些，但是他們這些屬下不能夠濫用他對他們的好。

林雨晢聽見女孩說的話後，噗哧一聲笑了出來，一邊收拾，一邊在紀緋發作之前摸摸她的頭，有點像是在稱讚寵物一樣，「很棒，會替人著想了呢。」

紀緋覺得林雨晢根本把她當狗在養。

他們開一次會，就是兩個小時跑不掉，不知道是因為身為大公司，所以排場也得大的虛榮心態，每個部門除了該部門的部長要出席，一般的部員也得出席十個，他們總部裡音設部人員不滿十位，等於全到。

在林雨晢出辦公室之前，紀緋對他匆匆道：「等等午餐一起吃，先過來我這裡。」便在對方還未反應時，急著把他推了出去。

林雨誓哭笑不得的看著女孩急急忙忙關上門，收拾一下有點滿溢出來的情緒，把神態調整到與平常無異後，才回去自己辦公室拿自己提早準備好的開會文件。

開會對於紀緋這種人來說是非常無聊的，幸好她的位子挺偏遠，江敏萱還會好心的把打瞌睡的她給偷偷叫醒，而井溫毅則是偷偷的在底下滑手機，不得不說，他們音設部的人開會的確是挺不認真的，但是那些位高權重的上上上司們哪捨得分出注意力在他們這些小小員工上？他們這些職員樂得輕鬆。

會議結束後，林雨誓以及其他部長都被留了下來，井溫毅則叫住了一心想回辦公室的紀緋，「紀緋，等一下。」

紀緋有些不情願，但依然是停了下來，轉過頭看向那難得正經的傢伙，「什麼事？」

「日音她……過的怎麼樣？」井溫毅最後還是沒敢要蔚日音的聯絡方式，只敢詢問對方的近況。

「她的個性，很難不好吧？」聽見對方對好友的關心，紀緋的表情稍微柔和了下來，「她有跟我要了你電話，所以她可能會主動跟你聯絡。」

井溫毅聞言一愣，隨即對紀緋微笑了下，「我知道了，謝謝。」

經過了這些小插曲，以至於林雨誓出會議室後紀緋仍然待在會議室外頭，他當然不會自我感覺良好到認為紀緋是特意的留下來等他，畢竟紀緋在一開始就說去辦公室找她了。

「怎麼沒提早回去？」下意識就要牽上女孩的手，卻在紀緋的眼神逼迫下作罷。女孩的眼神像是在告訴他，「這裡是公司，別太招搖。」

林雨誓只好訕訕的把手收回，不過這樣曖昧的動作依然是入了一些人的眼，江敏萱、楊雲柳拉著井溫毅一旁八卦去了，林雨誓則是像個乖巧的寵物一樣跟在紀緋身後。

「所以午餐要吃什麼？」如果要一起吃午餐，那一開始就約在公司大門就好，何必又要回辦公室？林雨誓好奇。

「昨天蔚日音來我家蹭飯，所以我有帶便當。」紀緋的話依然是那麼的彆扭，卻一點都不妨礙林雨誓理解。

「有我的份？」林雨誓似笑非笑的看著女孩去將便當拿去微波，不過女孩會煮飯這件事其實算是意料之內。

雖然聽起來這便當只不過是順便，但還是可以感受到對方小心翼翼遞出的心意，還有一點害怕受傷的情緒，有的時候林雨誓也會對這樣傷痕累累的她感到心疼，但又或許是這樣的傷痕累累才讓他對紀緋起了注意。

「謝謝。」林雨誓由衷地道。

「快吃。」一向不擅長言語的紀緋將微波完的午餐朝男人面前送。

這種時候，林雨誓也不忍破壞這點小小的溫馨氣氛，安安靜靜的吃著午餐。

而另一邊，八卦的群眾們則是在休息室裡聊天著。

「溫毅，妳真的沒聽說紀緋跟總監有……」楊雲柳啃著麥當當的雙層牛肉吉士堡，問。

井溫毅則是皺眉，「我真的沒聽說，不過阿誓都進了人家辦公室吃午餐了，應該錯不了吧？」

江敏萱將薯條沾上番茄醬，「這紀緋可以啊？不過她好像跟總監本來就認識。」

楊雲柳旋即拋下八卦的心，對著自家表弟挑眉道：「你剛剛有跟紀緋問到日音的電話嗎？」

提到這，井溫毅只好苦笑，「沒敢要，但是紀緋說日音應該會自己聯絡我。」

楊雲柳翻了個大大的白眼，「你的膽子一如往常的沒有長進。」

「隨便妳怎麼說。」井溫毅笑笑，沒有生氣。

至少已經有了她的消息，膽小也好、笨也罷。

那些都不重要了，重要的人，只有她。

✚

紀緋一回家後，馬上開了遊戲。

她要開始整理自己要轉移到傲日二的道具了，這算是對於資深玩家們的犒賞，雖然數量不多，種類也有限定，但是能帶多少就帶多少去吧，有總比沒有好。

傳說石她當初只使用掉一個，手上還有一個，武器類型的物品是可以轉移一項的，而傳說石也被歸類於武器類，只是尚未塑形，各種考量下帶它過去是最為划算的。

所有道具只能帶十五項過去，上限是九十九個，十五項內不得重複，於是紀緋琢磨了下，將幾項工匠合成類道具整理好後，先收了起來。

正整理到一段落，蔚日音的Skype打了過來，紀緋戴上耳機後便接了起來，道：「早安。」

蔚日音無語了三秒，「不早了。」

「怎麼了？」紀緋操縱著緋色如紀去附近野區虐待小怪了。

「兩件事，第一件事，我找上井溫毅了。」

紀緋挑眉，蔚日音放下矜持的速度比她想像的要快的多，卻也不怎麼讓人意外，淡淡應了聲表示聽見。

「總之……我們算是和好了。」蔚日音頓了頓，沒打算多說什麼，「再來是第二件事，他問我是不是要在傲日二新創個公會，然後問我說願不願意收留你們音設部的同事們。」

「妳答應啦？」紀緋問。

「嗯，聽妳之前說的，你們部門的人我大多都認識，拉一群高手來沒壞處是吧？」蔚日音笑道，隨即她歡脫的道：「餘音繞梁的等級可是狠狠的提了一個階層啊！」

「妳高興就好，我一開始聽見井溫毅說要創個音設部門的專屬公會還有點煩惱，現在倒是解決了。」紀緋笑笑，手下沒停，繼續刷著材料。

「不過，之後又要記新的操作了。」蔚日音話家常似的抱怨。

傲日不存在電腦操作的選項，所有的技能並不是按快捷鍵便能輸出，有點類似輸入指令碼才能夠放出技能，所以每個大招都有特定的指法，而傲日二的技能更多樣了，但也代表很多東西必須要重新熟悉，對紀緋來說，不管是腦袋還是手指都非常堪用，所以這些讓眾多玩家哀號的關卡就硬生生被她忽略過去了。

「身為老師，妳的記性應該還堪用？」紀緋調侃道。

「……妳可以閉嘴了。」蔚日音幽怨的語氣赤裸裸的就是在控訴對方不懂平凡人的困擾。

紀緋笑了下，還真聽話的沒有繼續開口，在野區刷著怪，兩人之間瀰漫著一股沉默。

靜默良久，終於是由蔚日音打破，道：「小紀，妳覺得井溫毅這個人，現在怎麼樣？」

紀緋對於蔚日音的問題感到有些奇怪，卻也著實回答道：「以我的角度看他的話……雖然八卦，但算是一個細心的人，為人也挺客客氣氣的，工作能力也不錯，是個很有責任心的人。」

紀緋見蔚日音沒有說話，問道：「怎麼突然問這個？」

「……他說，他的身側一直為我留著空位。」蔚日音有點難為情，又有些苦惱，「如果我願意，隨時可以回到他身邊。」

有點肉麻，紀緋抖了抖，「妳自己覺得呢。」

蔚日音的聲音有些悶悶的，似乎是摀住了自己的臉，「我不知道……坦白說當年答應跟他交往，也不是因為特別喜歡什麼的，因為從小認識到大，對我來說我們兩個知根知底，在一起也沒什麼不好，都知道對方的個性，所以不會有太多的摩擦，我只是秉持著這樣的心態，所以跟他在一起的。」

「我有時候也分不清楚我對他的感情裡究竟有沒有參雜著愛情，因為我們本來就是很好的朋友，有點像是兄妹，又有些像情侶。沒有太多的怦然心動，但是對於對方都是秉著著想的心情……與其說覺得在一起沒什麼不好，不如說本來的狀態就已經很像在交往。」

紀緋沒有說話，或許蔚日音不需要她的建議，自己就能得出一個答案。

「況且，我自己覺得我沒有那個能耐，讓一個人等我十年。」

說到底，或許不是排斥回到男人的身邊，而是對自己的價值感到質疑。

十年，從十六歲到二十六歲，從小女孩成長為女人，這段時間足夠發生很多事情，也足夠改變很多事情，例如一個男孩對女孩的心意。反而，若真的沒有變，才叫做難能可貴，所以會讓人懷疑自己的價值究竟夠不夠分量，能在別人的心裡佔上一席之地，佔十年之久。

「或許，你跟井溫毅之間，從小到大的情分在他心裡確實有那個分量的。」紀緋道。

有時候，習慣了對方的存在，突然有一天只剩下自己一人時，會很孤單吧。

「我覺得，不妨一試。」紀緋續道。

如果蔚日音今天還會為這件事情感到苦惱，感到猶豫，那就代表井溫毅這個人依然是影響著她的，或許是以朋友的身分，又或許是舊情人的身分，但不管是什麼，那都是兩個字啊。

在意。

蔚日音又沉默了。

井溫毅……嗎？

蔚日音突然噗哧一聲笑了出來，自己的好友都能夠為了林雨誓而嘗試去觸碰自己害怕的人群了，那自己似乎也沒有理由躊躇不前，是吧。

「我知道了。」蔚日音語帶笑意的道。

有些沒頭沒腦，卻不妨礙紀緋理解。

「日音，這禮拜六傲日二正式開放，妳整理好道具了嗎？」紀緋不再談論這事，點到為止。

「我大約整理了一份清單，但還沒選定，主要是藥材，反正武器加強素材妳會帶吧？之後的地圖研究就交給妳啦。」蔚日音笑，紀緋可是人工地圖拷貝機啊，等到官方的空白地圖釋出，紀緋就會整理一份素材地圖傳給她。

雖然兩人需求的素材類型不一樣，但紀緋還是會順便替蔚日音研究一下。

「妳還真把我當作google map來用嗎。」紀緋嘴角微抽。

「恭喜妳正解啦。」蔚日音選擇坦白從寬。

「蔚日音，我覺得其實我應該要跟妳收費，一個素材的分布就算妳五百好了。」

「我相信妳不忍心的。」

「我也不知道我忍不忍心呢。」

紀緋的語氣有點輕、有點飄、有些上揚，讓蔚日音竄起一陣惡寒。

「老大我錯了行嗎。」蔚日音還是鬥不過紀緋。

紀緋不跟蔚日音鬧了，「妳也趕快定下材料吧，我們還要重建公會呢，也不知道餘音繞梁裡有多少人願意繼續待在公會裡。」

「其實跟不跟都無所謂，我的公會最多就收六十個，我們本來就是個小公會，我覺得都好，別搗亂都好。」蔚日音輕鬆道，開始整理自己的道具，武器她就帶上一把五十等的弓箭去就好，畢竟新遊戲裡練到最高等之後，一定可以獲得比現在更好的武器。

「嗯。」紀緋淡淡應聲，隨意的刷怪刷到九點後，便對蔚日音道，「我先去洗澡，等等就要睡了。」

「紀緋大小姐，我有沒有聽錯啊？妳要去睡了？」蔚日音還刻意將聲音拔尖，怪聲怪調的。

「怎樣。」紀緋不滿。

「嘖嘖嘖，肯定是林大總監說早點睡對身體比較好吧。」蔚日音笑得很賊，「妳就早說嘛，果然人需要愛情的滋潤啊。」

「蔚日音，如果妳不想死的話，我勸妳趕快閉嘴。」紀緋微笑，笑得很可怕。

蔚日音在電腦前面打了個寒顫，她相信紀緋多的是方法來整治她。

「老大我錯了您快去睡覺吧。」

紀緋又好氣又好笑的道了句：「再見。」便掛了電話。

唉，還是趕快去洗澡睡覺吧。

十八、一山還有一山高

禮拜六，正好撞上聖誕節，傲日二正式開放了，這麼一個特殊的節日讓人有點選擇障礙，不知道是該陪陪自己的各種朋友出門逛街，還是宅在家裡玩電腦。

但紀緋跟蔚日音沒有這個煩惱，她們有志一同的選擇待在家裡玩電腦，外面冷死了，鬼才要出門。

早上八點，現在已然成為紀緋的標準起床時間，一早爬起來開了臉書、Line通通都是聖誕快樂的問候，還有人送一些小禮物什麼的，早上九點傲日二正式開放，紀緋見還有一些時間，盥洗完便將頭髮挽起，煮早餐去了。

當紀緋端著炒蛋跟烤土司、培根坐在剛剛正開機的電腦前時，蔚日音就用Skype打給了紀緋，嘴裡含糊著，似乎也在吃東西，「小紀，怎麼辦我好苦惱。」

紀緋嘴裡叼著吐司，一如往常秉持著吃東西不說話的原則，沒有開口，反正蔚日音會自己接下去。

「我到底要創男角還是女角呢？」蔚日音果然自顧自地繼續講了下去，「有語音系統，遲早都會用到的，但是我還是想要創男角。」

「但我又怕被人罵是人妖。」

「好苦惱啊。」

「唉小紀，怎麼都不說話？」這大姊現在才知道要問。

紀緋終於是出了聲音，「我也在吃早餐，而且妳自己不也說的很開心嗎。」

蔚日音無語，「妳在家也這麼堅持吃飯不說話？」

「這叫原則。」紀緋道。

「……好吧。」蔚日音不糾結了，「那妳覺得呢？我要創男角還是女角？」

「男角吧，妳就依照自己喜好就好，說閒話的人我幫妳輾過去，就算我不輾過去，井溫毅也會幫妳輾過去。」紀緋很記恨的，以其人之道還以其人之身啊。

「唉呀，今天天氣好好。」蔚日音只好打著哈哈，一旁涼快去了。

兩人吃完早餐後，各自打開了傲日二的等待介面，刷著論壇等著時間過去。

而林雨誓雖然生活規律，但意外的是很愛賴床，假日如果沒事的話，約莫十一點才會悠悠轉醒，然後在被窩裡待到十二點再起床，今天是傲日二開放的日子，所以男人很準時的十點就睜開眼睛，難得只賴了一下下便翻身坐起，刷牙去了，而紀緋這裡早就先創了個角色，出去清淨的野區練等去了。

紀緋操縱著還未轉職的劍客出去熟悉操作，而蔚日音則是怨嘆接不到任務，在NPC面前不停的跳來跳去，希望能夠在五級的時候就籌措到建公會的資金，但紀緋覺得機率稍嫌渺茫就是了。

不過人多力量大，其他人跟蔚日音、紀緋加了好友後也都摸摸鼻子去賺錢了，一群人跳來跳去的，看起來頗有喜感。

林雨誓刷完牙後，慢吞吞的創了角，一進遊戲便查到紀緋的ＩＤ，加了好友。

紀緋這裡看到好友邀請，直接就按了接受，然後對方發了一個語音要求過來。

傲日二裡的語音有兩種，一種是當前語音，一種是好友語音，紀緋截至目前為止還沒有打開過當前語音，好友語音則是和蔚日音測試過了，音質還不錯。

按下接通後，紀緋便聽著另一端還有些睏的嗓音道：「早安。」

「早，怎麼不再睡一下？」紀緋低調的練著級，邊採採初級藥材，好不愜意。

「跟妳有約，我怎麼敢繼續睡？」林雨誓笑道，中性卻又帶點磁性的嗓音拂過耳際，紀緋顫了顫。

她對林雨誓的抵抗力真是越來越低了。

「你先練級吧，五級後才能離開新手村。」紀緋如是道。

林雨誓哪需要她提醒，早就開始跑任務了，他的運氣比較好，分配到的新手村人並不算多，五級應該不需要太長時間。

「妳幾等了？」林雨誓問。

「七等。」紀緋到現在已經玩了一個多小時，勉強符合傲日的練級速度，她運氣不好，一開始分配到的新手村人山人海，領個任務得等幾分鐘，後來還是紀緋受不了，直接刷野區怪才升了上去。

野區經驗高，但是賺錢速度沒有任務快，第一個副本也得到十級後才開放，所以現在紀緋對於餘音繞梁的建設可以說是毫無產值，不過蔚日音當然不會對這說什麼，五級創公會本來就太過理想，真的要籌措到資金，這麼多人一起幫忙也至少要十級以後才辦得到。

「蔚日音把你的員工們都踢去賺錢了，不過我打算先升級，你呢？」紀緋突然想到剛剛井溫毅等人被蔚日音一句：「公會沒有錢，快點去賺。」就被支使走了，忍不住勾起嘴角。

「我可以邊接任務邊練級，這裡人少。」林雨誓道。

紀緋嗯了聲後，兩人便陷入一陣沉默。

突然，在紀緋練到十四等後，蔚日音居然就發了入會邀請給她。

紀緋有點訝異的傳了一條訊息過去，「錢湊到了？」

蔚日音則是惡毒的傳了條訊息過來，「井溫毅他們的產值比你高多了。」

而紀緋不甘示弱，「我想井溫毅應該是因為妳才……」

蔚日音回給紀緋一個句號。

紀緋笑出了聲，林雨誓問道：「怎麼了？」

「沒有，蔚日音把我加進了公會，剛剛跟她鬥嘴，我把你拉進去。」紀緋一入會就被升為副會長，目前公會裡都是老熟人，沒人有意見，紀緋一個操作便將林雨誓加了進來。

蔚日音在會頻上打了一句：「唉呦，小紀，操作很快喔。」

紀緋臉上三條線掛了下來，林雨誓那裡則是幸災樂禍的飄來一句，「冤冤相報何時了。」

會裡目前大部分人都是以前公會轉過來的，原本將蔚日音跟紀緋送作堆的八卦群眾，井溫毅原本有點摸不著頭腦，但看著群裡大家一條接著一條的訊息終於是理清頭緒，嘴角有些抽搐。

蔚日音一如往常的幼稚啊。

「副會長妳真的拋棄會長了嗎？」

「會長你節哀。」

「會長，副會長不要你，我要啊」直至這條訊息跳出來，紀緋跟林雨誓同時間笑了出來。

紀緋私訊給蔚日音，「有你的迷妹粉絲，還不快帶人家走？」

蔚日音只發了個中指符號。

井溫毅則在看到會頻後挑了挑眉，給紀緋傳了條訊息，「我幫妳報仇？」

紀緋有些意外收到對方的訊息，馬上回了一句，「怎麼報？」

井溫毅發了個笑臉，「等著看。」

公會裡閃出了一條井溫毅的訊息，暱稱井底之蛙的角色這麼說，「誰都不准想，我已經打包了。」

會頻震驚，蔚日音將拳頭握了又鬆，頓時覺得對方根本跟紀緋是一夥的。

「支持多元成家！」清一色這類的訊息瘋狂刷動著。

紀緋笑到捧腹，林雨誓聽著對方的大笑，頓時覺得這些人真的是……

超級幼稚。
蔚日音傳了條訊息給紀緋，「……救我。」
紀緋在會頻上跳了條訊息，「各位，會長是如假包換的女孩子。」
會頻二度震驚，但是卻沒呆住太久，一堆人開始在會頻裡刷道：「在一起，在一起！」
紀緋兩手一攤，表示這次她救不了蔚日音了。
無良的將會頻屏蔽掉，決定眼不見為淨的紀緋跟已經升上十級的林雨誓碰了頭，組隊打怪。
「想不到井溫毅這麼奔放。」紀緋語帶笑意。
林雨誓也笑著，「如果妳想，我也可以這麼奔放。」
紀緋馬上轉為哀怨，「拜託不要。」
換林雨誓捧腹，聽著對方的笑聲，紀緋癟了癟嘴。
果然一山還有一山高啊。
「對了，等等要一起出去吃晚餐嗎？」好不容易笑完的林雨誓隨口問道。
「可以啊，只是外面好冷。」紀緋想到外頭那冷風颯颯，不禁縮起了脖子。
「那吃火鍋？」林雨誓似笑非笑。
「我們好像每一次都在吃火鍋。」紀緋跟林雨誓兩人已經將這縣市的每間火鍋店都吃遍了，短時間內應該不會有吃火鍋的慾望。

「那妳想吃什麼？」林雨誓問。

紀緋道了句，「讓我想想。」便陷入了沉思。

半晌，紀緋才用遲疑的語氣道，「吃麻辣鍋如何？」

林雨誓在螢幕前僵硬了一下，語氣有些幽怨，「小紀，不考慮別的？」

紀緋笑了出聲，林雨誓很怕辣，她怎麼會不知道？

「吃鴛鴦鍋就好，又不是沒有白湯。」紀緋興致一來，誰也澆不熄的。

林雨誓妥協，「別把辣油加進白湯就好。」

不用看也知道，紀緋一定在螢幕前露出了勝利的笑容，想到這，林雨誓也微微勾起了嘴角。

✚

看著眼前那紅到似乎可以滴出血的辣油，林雨誓的臉都綠了，他手裡的筷子完全沒有染指那一鍋血紅，一副敬而遠之的樣子，讓紀緋有種終於反將一軍的愉快。

「妳看起來很愉快嘛。」林雨誓瞇起眼，藍色的眸子裡閃爍著一種有點危險的笑意。

「你自己也答應了。」紀緋一副你奈我何的樣子。

林雨誓有些無奈，默默地用白湯涮了幾片肉，總是會先煮給女孩吃的他此刻只好自己吃自己的，看著女孩面不改色的將紅通通的鴨血、凍豆腐塞進嘴哩，實在是……

萬分敬佩。

「你真的不試試看嗎？」紀緋夾著一片肉在他面前晃呀晃，林雨誓跟她僵持一會後，嘆了口氣，旋即彎起了惡作劇的笑容，道：「妳餵我我就吃。」

紀緋愣了一下，看著對方厚顏無恥的笑容。

怎麼有種被坑了的感覺呢？紀緋沉思，最後仍是抵不過自己想看對方吃辣後反應的好奇心，把筷子往對方嘴邊遞。

男人快速不失優雅的叼走了對方筷子上的肉片，一臉滿足。

紀緋盯著他的臉。

說好的怕辣呢？吞的很乾脆啊？她期待的反應為什麼一點都沒有出現呢？

林雨誓說不敢吃辣，雖然不假，但他本來就很擅長隱藏自己的情緒，況且這還是他第一次騙到女孩餵的食物，正開心的呢，那一點點辣算什麼呢？

「怎麼，想看我出糗？」林雨誓悠哉的灌了近整杯水，露出了狡詰的微笑。

「可惡，你就不能給點反應？」紀緋難得有點撒嬌意味的鼓起臉。

林雨誓搖了搖手上那幾乎空下的水杯，「這就是我的反應啊。」

紀緋只好摸摸鼻子繼續吃飯。

當兩人吃得差不多後，先是請店員將湯頭打包，然後暫時進入一種消化中的放空狀態。

兩人一起發呆到服務生拿著結帳單來請他們買單。

林雨誓在女孩回神之前便拿出了一張小朋友，而服務生也迅速的找錢給他。

當紀緋緩過神來，男人已經將找回來的錢收進錢包裡了，一臉人畜無害的看著恍神的紀緋，過了好幾秒，紀緋才露出有點惱怒的神色看著男人，「我不是說一人一半嗎，你怎麼又自己先偷跑？」

林雨誓用一種溫和、甚至可以說是溫柔的眼神看著紀緋，「說真的，我不太喜歡讓女生破費，我知道妳也不喜歡讓我付錢，但這份心意我已經感受到了。」

「偶爾幫妳付一次不為過吧？」

紀緋只能說男人的笑容實在是太犯規了，再多怒氣實在都沒辦法出在他身上，最後只好嘆了口氣，道：「偶爾喔！」

林雨誓笑著應允。

兩人晚餐是散步出門的，男人自動自發的負責提著打包後的湯頭，另一手牽著紀緋，享受兩人難得的寧靜時光。

紀緋其實還不太想回家，畢竟他們很少像現在這樣悠哉的在晚上的時候散步出門，大部分時候都是在遊戲上廝混，自己不愛去人多的地方，所以林雨誓跟她出門的多半時間都是跟她吃飯，或是談論工作上的事情。

有種無法言喻的溫馨。

感覺到女孩的步伐似乎放緩了，林雨誓也跟著慢了下來，微微低頭看著若有所思的女孩，問：「怎麼了？」

女孩將飄遠的思緒抽回，「沒什麼，只是還不想回家。」

林雨誓則是將這句話在腦袋裡擅自解讀為「我想跟你再多待一會」，微微笑道：「那我們在公園坐一下再回去？」

現在的時間其實不晚，林雨誓並不介意再多陪紀緋一下，說真的，回家也是自己一個人，久了還是會有點寂寞的。

紀緋略略思考了一下，便點頭答應了。

兩人在紀緋住處附近的公園長凳上坐下後，一陣沉默。

男人端詳著發呆中的紀緋，女孩其實長得非常漂亮，只是冰冷的神情沖淡了很多人對她外貌的驚艷，偏尖瘦的臉的隱隱給人一種精明幹練的感覺，五官端正中帶了一點點深邃，似乎是因為不愛出門，所以皮膚很白，一頭烏黑的長髮帶點自然捲，雖說髮色很黑，但眼睛的顏色卻是有點淡的咖啡色。

不笑的時候給人一種非常難以親近的感覺，但一笑起來，卻能夠瞬間融化他人的心。

「小紀。」林雨誓喚了喚女孩，對方有點呆滯的回過了頭。

這樣無防備的表情除了蔚日音，也只有林雨誓看得到了。

「什麼事？」

「過年要不要一起過？」林雨誓知道以女孩的情況，應該每年都是一個人待在家裡的，雖然自己的情況也差不了多少，但他至少還能跟哥哥、大嫂一起吃頓年夜飯。

「咦？可以嗎？」紀緋愣住。

「看妳願不願意跟我、還有我大哥大嫂吃頓年夜飯。」男人道。

紀緋思考了一陣子，問：「你家人不介意嗎？」

林雨誓故作高深，「他們可是想見妳的不得了啊，尤其是我哥，一天到晚窮追猛打問我什麼時候要帶妳去給他看看。」

紀緋的嘴角抽了抽。

最後她回答道：「好啊。」

十九、闊別已久的年夜飯

約定好過年一起過後，紀緋這陣子的心情有點雀躍，因為有太多個年，都是她一個人孤伶伶的待在住處，瑟縮在寒冷中度過。

女孩此時此刻正在替蔚日音刷副本，而蔚日音正焦頭爛額的處理入會申請。

傲日二已開放了一些時日，餘音繞梁因為有與世大神的坐鎮，有名了起來，但餘音繞梁卻顯露出毫無野心的樣子，即使公會的級數已經足夠，卻將人數卡死在六十個人，日子一久，大家漸漸發現餘音繞梁並不是競爭型的公會，即使內部人員的實力已經稱得上是十分堅強，卻從未刻意去刷副本紀錄或是爭取首殺。

但即使如此，依然有很多人不停的遞交入會申請。

公會這麼受歡迎當然令人開心，但蔚日音本來沒有意思要讓餘音繞梁成為大規模公會，所以那些入會提交她一邊糾結一邊刪除，想當然耳，紀緋正聽著蔚日音的抱怨轟炸，便刷著副本。

不過紀緋的心情依然好的無以復加。

抱怨完心情舒暢的蔚日音也感受到了好友如此雀躍的情緒，一邊疑惑，一邊問道：「小紀，妳的心情好到有點異常啊？」

「嗯？有嗎？」連說話都盈滿笑意，實在是可疑的要命。

「妳是不是跟你家林大總監上了二壘還三壘？」蔚日音吐槽。

「閉嘴蔚日音，妳想死的話我可以成全。」

「唉唷唷，這麼兇喔？」蔚日音笑笑，「快說，能讓妳最近都這麼開心，肯定不是什麼小事。」

「雨誓邀我跟他還有他哥哥過年。」

蔚日音乍聽，便一陣了然，旋即露出了寬慰的笑容，「原來如此。」

讓林雨誓陪紀緋過年實在是再好不過了。

「對了，所以你們兩個到底進展到哪啦？」蔚日音的八卦魂開始燃燒。

紀緋默了默，「大概……只有牽手。」

因為女孩對於他人的碰觸非常的厭惡，雖然她對林雨誓已經不會感到排斥，但男人依然很有分寸的沒有再更進一步。

「我的天，林總監對妳也太有禮貌了吧？連抱抱都沒有？」蔚日音算了算，他們倆交往應該也有兩、三個月了？

「……恩，他還蠻克制的。」對於林雨誓的自制，紀緋也不得不稱讚一下。

「如果，我說如果喔！他跟妳討抱抱，妳會排斥嗎？」蔚日音問。

紀緋思考了一下，有點遲疑，「應該還好吧，應該。」

蔚日音曖昧的哦了一聲，「林大總監真的不錯齁。」

紀緋的上染上了一絲紅暈，有點難為情的嗯了一聲。
要是蔚日音現在在紀緋旁邊，肯定會嚇得下巴都掉下來吧。
畢竟臉紅的紀緋可是限量的啊！
蔚日音聽見紀緋的回應後，識趣的沒繼續鬧她，安靜的刷怪去了，而紀緋此刻正在胡思亂想。
林雨誓跟她告白時，其實紀緋對於男人也只停留在有好感的程度，距離喜歡，還有一段距離，但當下的她就這麼陰陽錯差的答應了，現在想來，真不知道自己那時候究竟哪來的勇氣回答。不過，兩個人也就這樣過了兩個月了呢。
直到蔚日音今天這麼一問，她才發現，自己似乎真的已經喜歡上他了，而且身為男朋友，他實在是……無可挑剔。
林雨誓一直都貼心到令人髮指，上車前永遠都會先幫她開門，獨處時會很注意自己的分寸，除了手以外，完全沒有過多的肌膚接觸，出門時永遠都讓女孩走在內側，即使紀緋身上的東西不多，還是會貼心的將她手上的東西全都接過，雖然很喜歡故意惹她生氣，但卻從來不會用負面的口氣去面對她。
自己，似乎有點失職呢……
「嗯？什麼失職？」蔚日音一句話迅速將紀緋拉回現實，紀緋才發現自己似乎把心裡話給說出來了。

「沒事。」紀緋欲蓋彌彰的回答道。

蔚日音賊賊的笑，「妳剛剛在想什麼啊？」

「沒有！什麼都沒有！」紀非憤憤的操作著自己的角色，殺怪去了。

哎呀，反應好激烈。蔚日音在螢幕前笑了。

希望林雨誓真的是那個能夠讓紀緋重拾笑容的人，蔚日音想道，因為她啊……

已經過得夠辛苦了。

✚

林雨誓此時一襲白色襯衫，配上黑色長褲，一身簡潔俐落，優雅的按下了眼前的電鈴。

門很快就開了，前來迎接他的是一臉睡眼惺忪，頭髮有點亂，但衣服已經換好的紀緋。

「早安。」林雨誓一如往常的揚起了溫和的笑容，原本似乎是想要揉一揉女孩的頭髮，卻像是突然想到了什麼，不著痕跡的將手收回。

紀緋雖然看起來還沒醒，但其實腦袋還算清醒，她自然是發現了男人的小動作，一邊回答早安，一邊暗暗自我反省。

紀緋只好微微的勾起笑，將門打開，「先進來坐一下吧，我綁個頭髮就好了。」

林雨誓當然恭敬不如從命的進門，女孩的房間似乎是特別整理過了，跟上次進來時有點不太一樣。

紀緋匆匆忙忙地將頭髮整理好後，拉著自己的行李箱走了出來。
本來兩人其實只想跟林雨央吃年夜飯，結果林雨央一聽到林雨誓要帶女朋友來，開心的叫林雨誓帶著紀緋在他們家住下來，一起放年假，而今天，正是除夕。
紀緋原本想要推辭，但轉念想了想，似乎沒有拒絕的理由，於是就答應了。
「電源都關了？」自動自發的將女孩的行李箱給拿過來，男人一邊問道。
紀緋迅速的的思考了下，點頭，「都關了。」
「那我們走吧。」林雨誓微微一笑，在女孩鎖完門後，自動的牽上了女孩的手，不過很令他意外的是，紀緋這次居然主動的將手收緊了。
林雨誓微微一愣，旋即感到一絲暖意緩緩的從對方的掌心傳到他的心窩，笑意更深了一些。
紀緋則是假裝沒事的撇過了頭，按了電梯。
兩人上了車後，先是先聊了一陣，後來林雨誓發現紀緋的眼神似乎有點渙散，問道：「妳昨天幾點睡？」
紀緋僵了一下，有點罪惡的轉過頭，假裝看風景。
「又熬夜了？」林雨誓的聲音裡夾雜著嘆息。
「嗯。」紀緋還是乖乖承認了。
「熬夜對身體不好。」林雨誓一手抓著方向盤，另一隻手促不及防的彈了一下女孩的耳朵。

紀緋有點驚嚇的摀住自己的耳朵，小聲辯駁道：「我昨天失眠嘛……」

「失眠？為什麼？」

「……別問。」

紀緋絕對不會承認是因為太過開心的關係所以睡不著的，她昨晚在床上翻來覆去到了凌晨四點才睡著，結果鬧鐘九點就將她叫醒了。

「原來今天這麼令妳期待？」林雨誓狡詰的笑了。

「閉嘴啦！」紀緋又惱羞了。

「沒關係，我也很期待今天。」

紀緋又僵了一下，轉過頭撇了一眼林雨誓，發現對方雖然很認真地看著路況，但嘴角卻一直都是勾起的。

那是一種幸福的弧度。

「睡一下吧，至少還要兩個小時才會到。」林雨誓道。

紀緋點了點頭，將頭靠在窗上，閉上了眼睛。

其實就這樣跟他待在一起，也莫名的感到很安心。

一邊如此想著，意識一邊昏昏沉沉的消失。

男人原本一直專心於路況，直到他下了交流道停等紅綠燈時，轉過頭要叫紀緋起床，卻愣住了。上次紀緋喝醉睡著時，模樣其實有點狼狽，所以他沒有過多端詳女孩的睡臉，但這一次一轉過頭，他居然被紀緋的容貌給震懾住了。

因為睡著了，表情少了平常的僵硬，長長的眼睫毛偶爾會微微的顫動，沒板著臉的時候其實臉有點圓。

很可愛。

林雨誓突然想到自己還在路上，幸好在綠燈前便回過了神，專心開車。

好不容易將車開到了哥哥家的停車格上，林雨誓卻有點不捨得叫紀緋起床。掙扎了一會，林雨誓先是伸出手用食指摩娑著紀緋的臉，最後將手收回，輕輕的搖了搖女孩的肩膀，「小紀，起床了。」

紀緋掙扎了一下，才渙散的睜開眼睛，「到了？」

「嗯，到了。」林雨誓已經將車子給熄火，將自己的頭跟手靠在方向盤上，側著臉看著女孩。

紀緋被林雨誓的眼神盯得有點不自在，只好想辦法找話題，「不通知你哥嗎？」

「等一下再通知。」

「為什麼？」

「因為，我想再多看著這樣的妳一下。」

紀緋被這番話正面擊中，臉頰無法控制的染上紅暈，連耳根子也紅了起來。

「妳的睡姿很可愛。」林雨誓無恥的拿出了手機，紀緋赫然發現男人螢幕上顯示的照片居然是自己剛剛的睡臉。

紀緋本來有點不知所措的害羞情緒一掃而空，有點生氣的槌了槌男人的手臂，「你又偷拍！」

「我要把這張照片印出來裱框。」男人似乎不痛不癢。

「你敢！」紀緋擰著男人的手，沒想到他一個反手，居然將女孩的兩隻手都給箍住了，湛藍色的清澈眼眸染上了危險的氣息，嘴角勾起了一抹邪佞的弧度，「我有什麼不敢？」

男人在測試女孩的底線。

只見對方的臉靠得越來越近，紀緋一時間居然做不出反應，直到男人用空出來的手彈了彈她的額頭，並且將兩人的距離迅速拉開後，紀緋才回過神。

她覺得自己的臉頰好燙。

男人卻若無其事的幫女孩解開安全帶，自己先打開車門下車了。

等到男人幫女孩開了車門，她都還是覺得整個臉都在發燙。

林雨誓意識到自己似乎太過火了，低著頭看著下車後依然沒什麼反應的紀緋，歉然道：「抱歉，是我太過急躁了，嚇到妳了？」

紀緋有點沉默的搖了搖頭。

她或許是有點被嚇到了，但似乎又不怎麼意外男人的舉動。

「我還可以牽妳的手嗎？」林雨誓不太確定的問道，紀緋才終於抬起頭看著他。

然而男人的表情讓紀緋有點意外。

她第一次在那湛藍色的眼裡看見很微量的恐懼，似乎是害怕紀緋因為這樣不願意再理會他，雖然男人隱藏的很好，嘴角還刻意的啣著一抹笑，但紀緋看穿心思的功力可不一般。

所以，這次紀緋主動牽上了男人的手，抓得很緊，而林雨誓一顆懸著的心終於是放了下來。

扯開了一個笑容，女孩問道：「不拿行李嗎？」

林雨誓此時也露出了一個安心的笑容，「要。」

其實，他們倆的心情，在某些時刻也是非常相近的呢，紀緋想著。

她也想要讓男人眼底的陰霾徹底消失，不能總是讓他來成為自己的支柱，如果可以，自己也該為他分擔一點心中的苦惱吧。

✚

林雨央搭著電梯下到地下室，看見自家弟弟正在從後廂拿行李，旁邊有個女孩子幫忙接過。

林雨央的腳步快了起來。

當他走近，那個漂亮的女孩子有點不知所措，似乎是不知道該如何和自己互動，也不知道該如何稱呼，而林雨誓則在蓋上車廂門後，發現了林雨央的存在。

「老哥，早阿。」林雨誓一派輕鬆的打了招呼，心情似乎很好，旋即轉過了頭，對著那個女生介紹，「這是妳在照片上看見的那位，我哥哥，叫做林雨央，是個工程師，妳如果不介意，就跟著叫他大哥就好。」

林雨央回過神來，便聽見女孩小聲的問候著，「大哥你好。」

「哥，這是我女朋友，紀緋，是我們部門的。」林雨誓再度開口。

林雨央溫和的笑了笑，「妳好。」

林雨誓有稍微提過紀緋有很嚴重的人群恐懼症，所以不要太超過，會嚇到她。

林雨央那時無奈的表示，自己什麼時候太超過了？結果收到林雨誓發來的白眼表情。

林雨央很紳士的幫兩人各分擔了一些行李，在電梯上樓的途中常識跟女孩開啟話題，「妳喜歡打電動嗎？我說的是PS4。」

「喜歡。」紀緋點頭。

「太好了，我們家有兩台PS4主機跟四隻搖桿。」林雨央道。

林雨誓這時終於開口：「什麼時候繁殖成兩台了？」

「因為某款遊戲受到我老婆的青睞……」林雨央一臉高深，但另外兩人聽懂了。

在此時，電梯門打開了，林雨央領著兩個人進家門，一邊對房內喊著，「尹熙，我回來了！」

正在廚房準備午餐的女人應了一聲，旋即探出頭，「歡迎啊，當自己家不用客氣喔！阿央，先幫他們安頓一下房間吧，我這裡還要一陣子才會好。」

「知道。」林雨央回道，帶著兩人進房間後，找拖鞋去了。

紀緋此時領悟到一件很嚴重的問題。

她跟林雨誓要睡同一房睡五天？

同房？

似乎是查覺到女孩的難處，林雨誓有點無奈的笑道，「我哥家的空房剩下這一間，如果妳真的很介意，我就去客廳睡沙發，或者打地鋪也可以。」

說不介意是假的，但紀緋不想要在這種時候又顯得很不體貼，林雨誓為她做出的忍讓已經夠多了。

紀緋有點難為情的背著男人，一邊打開自己的行李箱，一邊道：「不准對我上下其手。」

林雨誓覺得這成語的用法有些微妙，忍俊不禁的笑道：「我像是那種人嗎？」旋即正色道：「放心，我向你保證，我絕對當個柳下惠。」

紀緋輕輕的哼了聲，算是相信了。

兩人各自整頓好後，一出房間門，便看見有兩雙拖鞋擺在門口，林雨央似乎是跑去廚房幫手了。

很快的，一頓簡單卻不失美味的午餐擺滿了餐桌，而紀緋乖巧的幫忙拿餐具、擦桌子的舉動，讓林雨央對她的印象分數蹭蹭蹭的往上漲。

老實說，第一眼看見女孩的長相，會讓人覺得有點花瓶的嫌疑，但是林雨央相信自己弟弟的眼光，果真不是只有外表長的漂亮。

而在端盤子的過程中，紀緋也成功與夏尹熙混熟了，因為林雨央跟夏尹熙都是林雨誓的家人的關係，紀緋打從心底對他們並沒有那麼排斥，加上兩人其實都很好聊，所以相處上沒有太大的壓力。

堪稱歡快地吃完午餐後，夏尹熙對林雨誓耳語道：「要不要帶小紀去外面逛逛？」

林雨誓想了想便點頭答應了，回到房間後，他邀請道：「妳要不要跟我一起去看看我小時候常去的地方？」

「咦？」似乎沒想到男人會提出這等邀約，紀緋愣了一下才答應，「好啊。」

於是兩人穿著厚外套，口袋裡塞了錢包跟手機後就直接出門了。

「我哥現在住的地方就是我們一家以前住的地方，但後來我媽媽不在，父親在我們長大後也選擇搬到了國外去居住，最後由我哥哥接管那間房子，現在記在他名下。」林雨誓牽著女孩走出了大樓，「我們現在睡的房間是我跟我哥小時候的房間，我哥去念大學後，那房間就變成我的了。」

紀緋點了點頭，朝一旁的街道望去，「所以你在這裡長大的？」

「對。」林雨誓指著不遠處的公園，臉上盡是懷念的神色，「小時候我媽跟我哥常常帶我去那裡玩，那公園隔壁的兩棟大樓以前是廢空地，我常常在那裏練琴，之前這裡的大樓都還沒蓋起來，所以住戶不多，在那裡練琴不會吵到人。」

紀緋腦袋裡突然浮現出幼年版的林雨誓在那裡拉琴的畫面，突然覺得有點可愛。

一邊走著，男人一邊跟女孩提著曾在這些地方發生的往事，偶爾逗得女孩發出銀鈴般的笑聲，偶爾兩人一起露出嚮往的表情，不知不覺，他們走到了一個交通有些繁忙的十字路口。

男人沉默了下來，女孩抬頭看著他，發現那藍色的眸裡又染上了那一片陰霾。

紀緋不自覺的握緊了男人的手，本來一臉凝重的林雨誓露出了充滿歉意的表情，「抱歉，我的表情是不是太沉重了？」

紀緋只是搖了搖頭，問道：「這裡怎麼了嗎？」

林雨誓平靜的將目光轉回大十字路口中央的安全島，「我的母親是在這裡自撞身亡的。」

紀緋啞然。

「那時候她開車要來載我下課，途中卻因不明原因打滑，最後撞上安全島，車體因為劇烈衝撞的關係早已支離破碎，那時候的我等了很久還是等不到她，最後等到的卻是我哥帶著哭腔的電話，他要我搭計程車去醫院，見母親最後一面。」

「後來的肇因因為車體過於破碎，只能大概推論是煞車的螺絲被轉鬆了，加上車速過快，因而打滑。」

「在那之後的很多時候，我常會想，如果當時媽媽已經接到我了，我是不是就會跟著她一起走……」

男人呢喃道：「我曾想過，其實當時如果跟她一起走，我就不需要去承擔這些痛苦，就不需要去面對自己父親是殺人兇手的這件事……」

紀緋看著林雨誓的側臉，臉上一貫輕鬆溫和的笑卸了下來，藍色的眸裡很平靜，平靜到有點死寂，女孩將他的手握得更緊了一點。

半晌，紀緋開了口：「那些問題，我從沒想過。」

林雨誓詫異的將目光轉移到女孩的身上，卻發現對方居然在笑。

「我一直到大學畢業後才真正明白，不管是我的親生父母、孤兒院院長，還是我的養父，他們都只是希望可以讓我過上更好的生活，雖然他們的過世真的給了我很大的打擊，也讓我一直到現在都還是無法釋懷，但我不會想要用自殺去報復這個世界，因為那傷害到的僅是我身邊的人而已。」

「我很慶幸自己還活著，因為我還有很多事情沒有去做，還有他們的要求沒有達成，所以我告訴自己，活下來是一件值得感激的事情，不管是過去、現在、未來，都要好好的懷抱著他們給我的人生繼續過下去。」

林雨誓的目光漸漸變得柔和。雖然還是有些耿耿於懷，但那將自己壓得喘不過氣的罪惡感已經漸漸消去了，與此同時，紀緋抬著頭，直直望進男人那深邃的藍色眼眸，「活下來或許不一定會是好事，但既然都活下來了，那就繼續好好的活下去，這是蔚日音對我說的，我想這句話對你可能也會有點幫助。」

紀緋一向不擅長安慰人，但林雨誓知道女孩正在用自己的方式去安慰他，林雨誓突然伸出了手將女孩的頭髮揉亂，語帶笑意的道：「妳學會安慰人了呢，很棒。」

完全無法阻止那在自己頭上作亂的手，紀緋只好用捏的藉此報復，但林雨誓卻不痛不癢，道：「我們先回去吧，天氣有點冷。」

紀緋最後只好用冷淡的目光看著他，撇過頭去賭氣，一邊整理自己被弄亂的頭髮，男人便半牽半扯的拖著女孩往前走，紀緋最後被林雨誓扯到沒氣了，半推半就地跟著走著。

兩人終於是又回到了林雨央的住處，一進屋裡，男人在女孩還在笨拙的脫外套時，便先去倒了杯熱水，在女孩脫完外套後，便貼心的遞給了她。

坦白說，對於對方總是貼心到讓人受寵若驚的舉動，紀緋還是有點不習慣，但還是接過了杯子，小聲的道了謝。

林雨央盯著林雨誓好一會，便撇過頭去，向紀緋邀約道：「紀緋，要不要玩遊戲？」手上還搖著PS4的搖桿。

「好！」紀緋的精神都來了，端著杯子向舒適的沙發區走去，畫面上是很令人懷念的快打旋風，林雨央打趣道：「輸了妳不會哭吧？」

紀緋難得囂張，「我這輩子玩遊戲還沒輸超過三次。」

兩人便在客廳裡廝殺了起來，而林雨誓無奈的看著玩心大起的紀緋，坐在一旁，不時給予指導，而夏尹熙負責在一旁恥笑自家老公。

在連續十次林雨央慘敗後，夏尹熙終於是奪過了搖桿，替林雨央贏了一場，風光了一把。被贏過的紀緋卻笑得更開心了，而林雨誓看著女孩的笑容，不禁跟著笑了起來。

一個人走了這麼多年，這還是她第一次體驗到這種「家」的感覺。

和其他人一起哄堂大笑、一起玩牌、一起煮飯……

這是她從前不敢、也不曾奢求的生活。

現在卻實現了。

夏尹熙換了個挑戰對象，跟林雨誓玩了起來，而林雨央躊躇了一下，還是決定去向正坐在一旁微笑的紀緋攀談。

紀緋見林雨央朝自己走來，似乎是要和自己說什麼，卻不知如何開口的樣子，她微笑著問：「怎麼了？」

林雨央有些尷尬的笑笑，「我只是想問問，今天妳跟雨誓出門的時候是不是發生了什麼？我是指好的方面。」

「嗯……就跟他說了一些自己的領悟，這樣。」紀緋含糊其辭。

林雨央也沒多追究，他只是將自己的視線放到了正在打電動的林雨誓身上，澄澈的藍眼睛似乎有些寬心，「不管怎麼樣，謝謝妳。」

紀緋對於對方的道謝有點訝異，「我沒有做什麼值得感謝的事情啊。」

「他看起來輕鬆多了。」林雨央轉過頭來，定定的看著紀緋，「他是一個很壓抑，也很自制的人，但正因為這樣，很多事情他都會靜靜地藏在心裡，然後露出一種泰然自若的笑容，好像什麼都沒發生過。不管是母親的事情、父親的事情，還有以前曾遭遇的種種，他承擔的很多，卻不願意向誰傾訴，他這個人總是將心事藏的很深，深到讓人覺得他從來不會驚慌失措，但我很怕他有一天會把自己給壓垮。」

「雖然這樣說或許有點失禮，但是他所給予妳的信任遠超過我的想像，其實他是一個很慢熟的人，所以在知道你們相識不久就交往的時候，我有點吃驚，甚至有點害怕他是因為上一段戀情的原因，才會這麼急於表白。」

「不過、現在我一點都不擔心了，看得出來妳也是有故事的人，我相信你們一定可以用自己最溫柔的一面去撫平對方的傷痕。」

「紀緋，雨誓其實是個很怕孤單的人，我希望妳可以好好的陪伴在他身邊，這是我唯一的請求。」

紀緋看著眼前的男人，勾起了嘴角，「交給我吧。」

不能總是讓別人守護自己，也是時候該換自己去守護自己所心愛的人們了。

一群人又吃了一頓很和樂的年夜飯，為了守歲，四個人洗完澡後打了幾場麻將，直到林雨央輸了一堆錢後賭氣不玩了，夏尹熙只好無奈的收起牌局，歉然一笑道了晚安後便進房安慰自家老公了。

難得熬夜的林雨誓此時打了個呵欠，然後跟紀緋兩人在客房裡大眼瞪小眼。

林雨誓無奈，「我真的可以睡地板。」

紀緋遲疑了很久，最後自己悶悶的往床上窩，空出了另一個位子。

林雨誓忍不住笑了出來，搶在女孩發難之前躺了下去，兩人中間還放了一顆枕頭。

雖然已經累了，但林雨誓抬頭看著漆黑一片的天花板，怎麼也睡不著。

「小紀？」他試探性地喊了一聲，出乎意料的，紀緋居然還醒著，「嗯？」

「……沒事，我只是以為妳睡著了，怎麼還沒睡？」

「有點……太開心了。」紀緋的聲音雖然有點悶悶的，卻聽得出來有點難為情，「畢竟，這樣子過年還是第一次，以前我都是一個人躲在住處裡打電動，一個人，還蠻無聊的。」

「我不會再讓那種事情發生了。」林雨誓的聲音帶笑。

紀緋臉一紅，開始轉移話題，「雨誓，我想問你一件事。」

「嗯？」

「就是，你跟我告白的那時候，我們其實認識的還不算久吧……為什麼會選在那時候？」

這個問題，她想問很久了。

「或許這樣會讓妳感覺我很敷衍，不過在面試那一天，我就對妳產生一點好感了。」在漆黑一片的房間裡，林雨誓還是能準確的捕捉道紀緋的眼睛，深深的望了進去。

「為什麼？」

「因為妳傷痕累累，所以很吸引我注意。」

「或許是因為那樣子的妳，讓我看見我自己的影子，雖然我們兩個截然不同，但是相處下來卻發現有很多相似的地方，後來發現妳跟遊戲裡的緋色是同一個人，很多事情重疊了起來，不知不覺就發現自己喜歡上了妳。」

「最後是，當時公司聚餐、帶妳回去時，一向厭惡他人碰觸的妳卻沒有罵我，那時候的我其實很訝異，甚至有點竊喜，因為那或許說明了我在妳心裡是不一樣的。」

「那時候的我就決定，在傲日二的忙碌期過後，就要告訴妳我的心意，接受也好，拒絕也罷，但我希望這份心意能夠讓妳動搖，至少讓我在妳心裡留下一些更深的什麼。」

「原本想著要慢慢來，遲早有一天，或許妳會真正的對我敞開心胸，只是我沒想到，那時的妳就乾脆的答應了，讓我非常意外。」

紀緋的臉越來越紅，她喃喃的道：「我也不知道我為什麼會有勇氣答應，但那時候的我確實也對你有好感。」

「不要緊，反正現在的妳眼裡只有我就可以了。」男人第一次說出這麼具有佔有慾的話，紀緋難為情地將頭撇過去，林雨誓將兩人中間的枕頭稍微移了一下，一雙大手將女孩的臉轉向自己，逼著對方看著自己，「相對的，我的眼裡也只有妳。」

紀緋整個人被男人的話擊中，完全說不出話。

「不管妳的過去曾經經歷了什麼，但相信我，我不會用任何方式突然消失，不會一聲不響的離開，不過，身為男朋友，我有個小小要求。」
紀緋遲疑的開口，「什麼？」
不會是什麼奇怪或是害羞的要求吧？她可是完全沒有心理準備啊！
「如果哪一天，妳對我完全沒有感情了，或是愛上了另一個人，不用對我隱瞞，也請不要隱瞞，直接跟我說就好，我會自己靜靜的退場。」
「至少不要騙我，這是我唯一請求。」
男人的語氣懇求，讓紀緋的心裡一緊。
他會這麼說，是不是就是林雨央所謂的「上一段戀情的傷害」？
紀緋遲疑了幾秒，林雨誓遲遲等不到女孩的回答，突然有點心慌，正要開口，卻被一個擁抱打斷。
紀緋主動抱了上去，緊緊的環住了他的腰，並且將頭埋進了男人的頸窩，「雖然我覺得不會有這麼一天，但是我答應你。」
林雨誓的腦袋一片空白，然後，緩緩的將手放在女孩的背上。
「謝謝妳。」
一句幾近無聲的道謝輕輕地落在女孩的耳畔。

女孩是被一陣鍋碗瓢盆的敲擊聲給吵醒的，身旁的位子已經空了，卻還殘留著屬於男人的餘溫，依稀可以聽見林雨誓的低聲咒罵，「小聲一點，別吵醒她。」

林雨央則是小小聲的抱怨，「不小心的，這麼護短做什麼？你不再回床上躺一下？你看起來還有點累。」

「我就是被你吵醒的！你以為我想起床？」林雨誓似乎還有些起床氣，難得的很不耐煩，似乎又低聲咒罵了幾句，才轉身打算走回房。

紀緋則是在聽見腳步挪動的聲音時，立刻閉上眼裝睡，但其實她也確實還想再睡一下。

林雨誓看見女孩蜷縮在床上，被子被踢掉了一半，不禁勾起無奈的微笑，稍微把對方微微翻起的衣物整理好，在對方身旁躺下，蓋好被子。

紀緋可以感受到對方似乎正在猶豫要不要抱住自己，男人最後還是選擇抱住枕頭。

女孩莫名的有點愧疚，決定不要再裝睡，睜開了眼睛，直直對上了男人的藍眼。

兩人互看了一陣子，頂著一頭亂髮的林雨誓才勾起一抹勾人的微笑道著早安。

「早安。」還沒醒透的紀緋說話的聲音還有些軟嚅，眼睛又閉上了。

男人最後還是忍不住，捏上了女孩的臉，紀緋為了躲避男人的攻擊，把臉埋了起來。

「可以抱妳嗎？」男人帶笑的嗓音低低的，搔人耳廓。

紀緋的耳根子忍不住紅了起來，聲音悶在棉被裡，「以後不要問了。」

林雨誓笑了，一把將女孩攬進了自己懷裡，收緊了手。

「我以為我永遠都抱不到妳。」林雨誓開玩笑的道，他的聲音強而有力的在胸腔中震盪，在女孩耳裡聽來很是安心。

「那你放手。」紀緋笑了。

「不要。」

兩人維持著這姿勢好一陣子，林雨誓才發現紀緋已經睡著了，看著女孩的眼神滿載著暖意。

未來或許會有很多需要面對的難題，但他永遠都不會忘記他們這一刻那樣單純的美好。

二十、何其幸運

兩人過完了一個堪稱愉快的年假，但這也代表著龐大的工作量即將壓境。

休完假的上班日總是會有很多事情要做。

而紀緋跟林雨誓在現實中沒時間出門，也只好就在網路上約會了。

兩人最近在遊戲裡熱熱鬧鬧，蔚日音可是萬分欣慰，總是用著吾家有女初長成的臉看著紀緋，讓紀緋怪不自在的，好不容易有時間跟好友吃個飯，卻一直是這表情，讓她差點把蔚日音給殺了。

紀緋此刻叼著吸管，一臉冰冷的瞪著眼前萬分愉快的好友。

「幹嘛那個表情，我可是在替妳的戀情開花結果感到開心啊！」蔚日音笑咪咪的說，還不忘裝可愛。

「妳倒是說說妳跟井溫毅最近過得怎麼樣了？」紀緋問。

「啊哈哈哈沒怎麼樣啊，就跟以前一樣啊。」蔚日音想打哈哈過去，但在接觸到紀緋極具脅迫性的神情時，退縮了，「就是又交往了……但是相處上跟以前完全沒有差別，還是那樣。」

「那樣不好嗎？」

蔚日音露出了苦笑，「我不知道，分開太久，很多感覺都不太一樣了，我甚至不確定我還喜不喜歡他，但是並不排斥，好像一切從頭開始一樣。」

「反正很多感情，也是在交往後才開始培養起來的，不是嗎？」紀緋掛起了淡淡的笑容，「慢慢來吧，如果真的覺得沒辦法，我想溫毅會體諒妳的。」

蔚日音深深的看了紀緋一眼，隨即露出了一種寬心的笑容，「小紀，妳真的變了。」

「嗯？」

「感覺妳已經很清楚自己之後的人生方向，也不再像以前那樣不知所措了。」蔚日音輕輕的拉著紀緋的手，狡詰的笑著，「林總監真的是個很好的人，妳要好好珍惜他啊，當然，我會叫他也要好好珍惜妳的。」

紀緋的臉紅了起來，嗔道：「妳不要多嘴。」

「哈哈哈不需要我多嘴，他就已經很珍惜妳啦！」蔚日音笑得肆無忌憚，而紀緋忍不住開始跟她打鬧。

兩人玩累了，趴在桌上喘著，但是臉上卻都掛著幸福的笑容。

「小紀，我們要一起過的幸福喔，要當一輩子的好朋友。」

「嗯。」

有種原本失序茫然的人生都步入正軌的感覺。

「妳男朋友來了喔。」蔚日音指了指紀緋了身後，紀緋一臉錯愕的轉頭，一名茶色頭髮的外混血兒風度翩翩。

她可沒叫林雨誓來載她啊！但蔚日音一臉狡猾。

好吧，她懂了。

「不走嗎？」男人微微傾身俯在紀緋耳邊，馬上被女孩推走。

「夠了夠了，妳們這對幸福的情侶，快點走啦。」蔚日音一臉嫌棄的趕人，而紀緋終於是收拾好東西，跟蔚日音道別後，跟著林雨誓走了。

兩人在紀緋家附近的一間小吃店簡單解決了晚餐，而林雨誓像是想到了什麼，用著一抹淡淡的微笑向女孩提出邀約，「小紀，清明節那天願意陪我一起去掃墓嗎？」

紀緋曾經提過，院長、常央雲最後都是選擇海葬，沒有墓可掃，清明連假的話估計也是一個人在家過。

「咦？」紀緋有點意外。

「我哥哥已經找到了我媽的墓了，我們今年會一起掃，不過日期會錯開。」

「喔……當然好啊。」這是另一種見父母的概念嗎？

林雨誓像是鬆了一口氣，「謝謝。」

「這有什麼好謝的？」紀緋輕輕地彈了一下男人的額頭，有礙於兩人的身高差，紀緋的動作有些彆扭。

看似簡單，對她來說卻是一種很大的突破。

「就……謝謝。」林雨誓只是笑。

紀緋沒有說話，只是牽上了男人對她伸出的手，微微一笑。

清明節當天，林雨誓開著車載著紀緋前往位於中部的某個公墓，現在正卡在高速公路上，陷入了連假必現的塞車潮。

男人的藍眼睛染上了一絲慵散，一臉「感覺這車速一百萬年都到不了」的厭世，與平常那給人安全穩重、精明幹練的林總監成完全反比。

紀緋忍俊不禁的笑了出來，看著塞成果醬的高速公路，紀緋提議，「下一個交流道提早下，走平面道路過去？」

林雨誓無奈的要死，「也是可以……」

現下看來，也只能這樣了。

經歷了好一番波折，兩人終於抵達了目的地，四月的氣溫正是最宜人的時候，穿短袖不覺得冷，穿長袖也不會太熱，兩人一身輕裝，林雨誓手上還拿著一束梔子花。

兩人靜靜的佇立在林母的墓前，看得出來這裡一直都有專人在養護，墓上鑲著的照片看起來就像才剛放去一樣……

男人輕輕的將花束擺在墓前，微微低下了頭，手輕輕的擺在墓上。

良久，林雨誓才帶著平靜的目光將頭抬起，朝紀緋微微一笑，「我媽長的很漂亮吧？」

紀緋早在之前就見過他們的合照，只是那張照片其實沒有很清楚，像是刻意只留著那失焦的照片擺著，不願意再憶起那已離去之人的清楚面孔。

那是一個擁有茶色頭髮，湛藍色眼睛、五官端正又深邃的女人，她在鏡頭前笑得萬分開懷，臉上淡淡的雀斑讓她看起來有些孩子氣，但紀緋知道，她身為一個母親，比誰都還要成熟。

這樣好的一個人，跟常央雲他們一樣、都不在了。

紀緋聽著男人的雲淡風輕，只覺得心酸。

最後，她一個字都說不出口，只能用力的點了點頭。

兩人都沒有再開口，只是並肩著站在墓前，看著照片，直到腳都有點麻了，林雨誓才握緊了女孩的手，「回去吧。」

「嗯。」紀緋輕聲應道，但當她想挪動步伐時，卻陷入了一個羞窘的情況，遲遲沒有移動，而林雨誓納悶的問：「怎麼了？」

「……我腳麻掉了。」紀緋欲哭無淚。

林雨誓嗤笑了出來，一掃原本有點憂傷的氣氛，「我抱妳回車上？」

「不、要。」紀緋倔強的撇頭，林雨誓淡淡的笑道：「那妳在三秒內走兩步我就不抱妳。」

真他媽太殘忍了，紀緋怒瞪。

林雨誓大笑了出來，清亮的笑聲聽起來邪惡的要死，紀緋也只能任由對方將自己打橫抱起。

她將自己的臉埋進了對方的胸口，「過分。」

「不是貼心嗎。」男人的笑聲在胸腔裡震動，紀緋只是哼了聲，沒有跟他吵。

男人直到走到車旁才將女孩放下，對方的耳朵早已紅透，林雨誓依然優雅地開了車門，紀緋小聲的道了謝，羞窘的坐進的副駕駛座。

男人自己繫上安全帶後，沒打算立刻發動引擎，突然很認真的看著女孩，「如果真的不習慣我碰妳，就跟我說，別自己硬撐。」

對於男人突如其來的認真，她有點不知所措，「我已經習慣了，不、不會特別排斥啦。」

林雨誓的藍眼睛直直盯著紀緋，直至女孩臉頰發燙，他才露出寬心的笑容，輕輕的抓緊了女孩的手，「那就好。」

看得出來，林雨誓心情很好，紀緋突然有種被坑了的感覺。

女孩用有點不滿的視線盯著林雨誓的側臉，因為車子已經開動了，男人只是似笑非笑的朝她掃了一眼，直至停等紅燈，男人才惡劣的用手揉亂紀緋的頭髮，被女孩抓了一手指痕。

一直到晚上六點，兩人才抵達他們所住的縣市，他們的午餐只隨便吃了飯糰，到了現在其實已經很餓了，所以男人把車停好之後，便和紀緋手牽著手一起去附近的小吃店解決晚餐。

雖然說兩人交往到現在也差不多半年有了，但卻從來沒在這附近的小吃攤落坐過，原以為是林雨誓不太喜歡這種路邊小吃，結果一進店馬上就被老闆娘熱情招待，看來男人在這裡也非常受婆婆媽媽歡迎。

尤其是老闆娘特別熱情的詢問著兩人的關係……一被知道兩人目前正在交往，阿姨的八卦魂馬上讓兩人有些無法招架，什麼時候要結婚啊、生幾個小孩啊……這種話都跑出來了，兩人最後居然是有些落荒而逃。

紀緋本身怕生，兩人走到附近的公園，她才長出了一口氣，心有餘悸，「老闆娘太可怕了吧……」

林雨誓歉意的摸了摸她的頭，「抱歉，我沒想到他們會這麼關心……這些事情。」

「沒關係。」紀緋只是搖了搖頭。

「小紀。」兩人坐在公園長椅上，突然，男人這麼喚了一聲。

「嗯？」紀緋不明所以。

「那個……就是……」林雨誓居然有些遲疑，紀緋看得出來對方超級難得的臉紅了，她有些忍俊不禁，問道：「怎麼了？」

男人的藍眼睛終於直視著紀緋，「就是……妳願意搬來和我一起住嗎？」

還不等紀緋回答，男人便急著澄清道：「我沒別的意思……只是有妳在身邊，我比較有安全感。」

紀緋只覺得林雨誓莫名的很可愛，怎麼辦怎麼辦？

「可以是可以……但我家要怎麼辦？」紀緋佯裝出很苦惱的樣子，讓林雨誓有點小慌，紀緋滿意的看見男人有點小著急的樣子，才終於笑了出來，給了林雨誓一個擁抱，「笨蛋，我可以把那房子借給蔚日音住啦。」

男人有點委屈，這還是他從出生以來第一次被人罵笨。

但那也甘之如飴。

「謝謝妳。」

✚

紀緋跟蔚日音一起在紀緋家把她的東西整理妥當，其實紀緋的東西不多，大多都是獎狀獎杯那些已經堆在櫃子裡堆到生灰塵的紀念品，除了那架鋼琴有點難處理，其他的東西其實佔不到兩整理箱。

「我的天啊，小紀，妳住尼姑庵啊？東西就這樣？」

「不然呢？誰跟妳一樣家裡堆一堆廢物？」紀緋嘴砲。

「兇死了妳，都要跟人家一起住了難道就不能賢淑溫良一點嗎？」

「妳為甚麼不去吃屎？」

兩人例行的鬥嘴，臉上卻都掛著笑容。

兩人一起躺在大床上，蔚日音滾過來一把抱住了紀緋，「妳覺得，妳找到了自己的幸福了嗎？」

紀緋淡淡的嗯了一聲，露出了真心的笑容，「我從來沒想過我現在會過著現在這樣的生活。」

認識了很多很多的朋友，認識了愛著自己的人，也找到了自己生活中的方向。

「這些本來就是妳應得的。」蔚日音抱緊了紀緋，「那本來就是妳應得的。」

紀緋快要喘不過氣了，但是她沒有推開蔚日音，反而是更用力的回抱了回去，紀緋的聲音有點悶悶的，甚至還帶了點哭腔，「謝謝妳，日音。」

蔚日音一僵，「小紀，妳哭了嗎？」

「沒有。」紀倔強的撇過了頭，還吸了吸鼻涕。

蔚日音馬上給了又給了她一個大大的擁抱，笨拙的安慰著，「有什麼好哭的啦，妳不要哭啦，好不習慣。」

「滾啦。」紀緋邊哭邊給了她一隻中指。

「妳好可愛。」蔚日音搓了搓紀緋的頭，由衷稱讚。

「……別逼我罵髒話喔。」

兩人相視而笑。

兩人終於是徹底整理完，蔚日音的行李也直接入主紀緋家，林雨誓的人已經在來的路上了，而紀緋正在對蔚日音說教，「記得好好養護我的鋼琴，不准在我的牆上釘釘子！」

蔚日音笑著應允，紀緋一邊賊笑，「還有一點，不准帶男人回來過夜。」

蔚日音滿臉斜線。

紀緋有種復仇成功的快感。

就在此時，紀緋的門鈴響起了，紀緋連忙從床上滾下來，匆匆應門，只見男人今天還是一身素白襯衫，黑色領帶加上西裝褲，一副上班族裝扮。

紀緋有點詫異，「今天不是禮拜日？你剛剛又去公司了？」

林雨誓只是苦笑，「沒辦法，剛剛臨時又找我去處理一些東西，今天還是有人加班啊。」

紀緋只好給她一個同情的眼神還有一個抱抱，「辛苦你了。」

林雨誓摸了摸她的頭，寵溺的笑道：「一點都不辛苦。」

「我的眼睛啊！」房內傳來一聲慘叫，林雨誓忍不住笑了出來，而紀緋翻了個白眼。

「先進去吧，妳東西多嗎？」林雨誓問道。

紀緋一邊帶上門，一邊道：「兩箱整理箱，紀念性的東西我就先收在這間房子了，給蔚日音幫忙看管。」

林雨誓點了點頭。

紀緋又進房忙碌了，而蔚日音則是從房裡滾了出來，朝林雨誓使了使眼色，做了個口型，「加油喔。」

林雨誓又點了點頭，微笑應允。

只見紀緋突然把頭探出來，一臉狐疑。

而林雨誓給了她一個人畜無害的笑容。

紀緋悻悻然的回到房裡，留下一臉狡猾的蔚日音和無奈的林雨誓。

等到紀緋確定自己的東西都沒有遺漏後，才拉著兩大整理箱出來，三個人合力搬了下去，蔚日音便笑著對兩人揮了揮手，道：「林大總監，要好好的照顧我們家紀緋喔。」

紀緋在心理吐槽道：「為甚麼搞得好像是我要嫁了一樣？」

而林雨誓輕鬆答道：「這是當然。」

終於、終於把她拐到手了。

✚

紀緋對於搬到男人家其實還是有點緊張的，在車上的時候她有些不安的攪動手指，被林雨誓發現了，當他車子停進地下停車場之後，便轉過頭去看著紀緋，有些嘆息，「我是不是給妳造成困擾了？」

「沒有……只是還是會緊張吧……畢竟這還是第一次跟別人一起住，蔚日音不算的話。」

紀緋越說臉越紅了起來，林雨誓的手輕輕的掠上她發燙的臉頰，曖昧的笑著，「放心，任何事只要妳不願意，我就不會逾矩。」

紀緋的臉更紅了一點，撇過頭，賭氣著，「閉嘴，你甚麼都不准做！」

「什麼都不准嗎？」林雨誓將紀緋的臉扳了回來，臉靠得有點近，有些曖昧的距離。

紀緋一瞬間腦袋空白，一直到兩個人的臉只剩下一公分……

林雨誓突然打住，隱忍似的將頭緩緩地靠在紀緋的肩膀上，「抱歉。」

紀緋有點結巴，「沒、沒關係啦，不需要為這種事情道歉。」

其實……有點期待……

當然，這些紀緋是不會說出口的。

「所以可以嗎？」林雨誓輕聲在紀緋的耳畔呢喃著。

「……上去再說。」紀緋紅著臉回答道。

天啊，超羞恥。

「好。」林雨誓低聲笑著。

像極了偷嘗到甜頭的小孩子。

兩個人的距離終於是拉了開來，林雨誓替紀緋拉了拉衣領，居然有點臉紅。

兩人默默無語地將行李搬了上去，男人家紀緋已經很熟悉了，看得出來他特別為了紀緋挪出了很多生活空間。直到把衣物、電腦等東西歸位前，他們都維持著這有點溫馨又曖昧的氣氛。

整理行李告段落後，林雨誓微微側眼，看著坐在床上靠著牆累癱的紀緋，忍不住笑了出來。

「笑什麼？」紀緋嗔道。

「因為終於把妳拐到手了，得來不易啊。」

「哼。」紀緋傲嬌的撇過頭。

林雨誓側身坐在床上，一手輕輕的抬起女孩的下巴，眼裡滿溢著無法讀取的情感，「所以我們可以繼續了嗎？」

紀緋的臉瞬間又紅了起來，她還是不敢正眼看他，只是就著這僵硬的姿勢點了點頭。

而林雨誓再也沒有猶豫的，吻了上去。

男人很輕、很輕的覆上女孩的唇，紀緋輕輕一顫，閉上了眼睛，而林雨誓則反覆的啃咬著，一手托住了女孩的後腦勺，這個吻剛結束，紀緋便有點喘不過氣，毫無威力的揍了林雨誓一拳，他便又帶著笑意吻了上去，這一次，男人嘗試將女孩的牙齒給撬了開，一開始女孩有點反抗，但在對方鍥而不捨的嘗試下，男人終於是用舌頭輕輕地繞上了她的舌頭，似乎還嫌不夠，又更深的吻了上去。

一直到紀緋真的喘不過氣，男人才戀戀不捨的放開了她，微微戲謔道：「記得呼吸。」

紀緋生氣的捏了林雨誓一把，「你！」

只是現在的她看起來一點威力也沒有。

「要習慣喔。」林雨誓輕輕的抱住了紀緋，聲音有點沙啞，「我這個人，可是很貪心的。」

紀緋只是撇過了頭，紅透了耳朵。

「小紀。」林雨誓輕輕的在女孩耳畔呢喃著。

「嗯？」在這溫馨的氣氛下，紀緋其實已經有點昏昏欲睡。

「我喜歡妳，很喜歡、很喜歡妳。」林雨誓收緊了手，將紀緋整個人攏在懷裡，像是宣示著主權一般，倔強的不肯放手，「然後，謝謝妳願意陪在我身邊。」

紀緋整個人微微顫了一下，輕輕的回抱了他，小聲的道：「我也，很喜歡你。」

「所以不用道謝，因為你也同樣的陪在我身旁阿。」她仰著頭，掛著燦爛的笑容。

林雨誓又將手收得更緊了。

他想要女孩只對他露出這樣的笑容，想要她只與自己分享自己最深處的心事，想要未來的每天每天，早上醒來有她在身邊，晚上擁著她一起入睡。

他想要跟她一同策畫他們的未來。

他真的已經，無法自拔了呢，林雨誓無奈的笑了笑，但是看著女孩掙脫他懷抱跑去洗澡的背影，整顆心都軟的一蹋糊塗。

越陷越深也無所謂了，因為他甘之如飴。

✚

兩人同居後，感覺直接進入了老夫老妻模式，每天每天一起上班，一起回家，一起下廚，一起打電動……

不知不覺，半年又過去了，兩人同居了這麼久，林雨誓都還捨不得下手，井溫毅的手腳卻像是趕搭自強號一樣，快的很。

也幸好兩家以前的恩恩怨怨在小倆口堅定不移的愛情催化下，終於是稍稍軟化，不再像以前那樣吹鬍子瞪眼了，只怕以後又是兩個歡喜怨家。

「小紀，起床了。」林雨誓已經換上了一身西裝，無奈的看著仍然呼呼大睡的紀緋，她整個人裹著被子縮成了一團球，雖然說現在的時間確實早了些，但今天有很重要的事情得做。

紀緋的眼睛撐開了一條縫，撇見時鐘上顯示凌晨四點，她便又閉上了眼睛，嘴裡喃喃著，「現在才四點……再睡兩個小時……」

林雨誓輕輕的搖了搖紀緋，整個人俯在了她的身上，「今天我們要去當伴郎伴娘，妳忘了？」

紀緋遲鈍了好幾秒，突然跳了起來，「對欸！」

「蔚日音要哭給妳看了。」林雨誓壞笑著，一邊傳了訊息向也已經在準備的蔚日音告狀。

「林雨誓！我一點都不想被新娘殺掉！不要害我啦！」紀緋整個人都清醒了起來，想要去搶對方的手機，反被偷親了一下。

「偷雞不著蝕把米，就是妳。」林雨誓饜足的笑著。

「你！不要以為我不會打你！」紀緋鼓起了臉，追著男人滿屋子跑，對方明明就穿著西裝，為什麼身手還是這麼矯健啊？

難道這就是優生學？

剛起床本就沒什麼體力，紀緋剛剛又滿屋子雞飛狗跳的，現在她也只能癱在床上，一副頹然。

林雨誓搓著女孩的頭髮，輕輕的在她額上落下了一個吻，「我的衣服大略這樣就可以了，但妳們女生的禮服肯定不是分分鐘能搞定的事情，快點去換便服，我們越早到越好。」

紀緋終於是乖巧的點頭，借力起了身後，連忙去換衣服了，而男人早已將今天該帶的東西都捎上，站在門口等著，而紀緋匆忙抓了昨天預備好的化妝箱，兩人急急忙忙出門了。

也不怪兩人風風火火，畢竟今天可是蔚日音與井溫毅的人生大事。

誰也沒料想到，兩人復合沒多久很快便定了下來，快到紀緋都想吐槽是誰效率高了。

婚禮地點就在公司附近沒多遠，其實很快就到了，不過兩人只怕晚到不怕早來，一通電話給蔚日音時，蔚日音人已經在新娘休息室裡了。

林雨誓微笑著表示他先去找井溫毅，給女孩們留點空間後，便轉身離去。

蔚日音的妝容已經上了一半，她請的新祕是兩人的大學同學，雖然讀了音樂系畢業，最後因為對化妝非常有興趣，便又特別去學了相關課程，考了執照。

雖然幾天前有再度碰面，不過交流多半都是在通訊軟體上，紀緋出乎對方意料的給了一個微笑，「陳芳熙，好久不見。」

「紀緋妳嚇死誰？妳居然笑？」一手還拿著眉筆，陳芳熙心臟都停了，眼前的這位同學可是孤僻出了名，她以前願意回妳話就不錯了，還笑？不過陳芳熙算是與紀緋比較能溝通的類型，雖然不是非常要好，但是她大喇喇自來熟的個性實在也無法讓人對她心生厭惡。

「我就跟妳說小紀長大了吧！」蔚日音笑，馬上又被陳芳熙阻止她的大動作，「別亂動啦，妳頭髮還沒好。」

紀緋自己的妝自然是自己來，唯一需要陳芳熙幫忙的便是髮型跟衣服，於是紀緋拎著自己的化妝箱在一旁坐下了，一邊對蔚日音調侃道：「我希望今天不是妳的結婚紀念日加上忌日。」

蔚日音乾笑。

畢竟都是有交情的人，陳芳熙又很會聊，手上忙著，一邊八卦著，「紀緋啊，剛剛那男生是妳的？」

「男朋友。」紀緋難得靦腆。

陳芳熙看著她的神情，由衷地替她開心，「恭喜啊，看來妳也找到了對的人了！感覺對方是一個很好的人呢，長相也很棒，我下一個case就等妳啦！」

紀緋的耳朵有點紅，喃喃著，「沒這麼快啦。」

「唉呀，如果遇到真愛，就別猶豫啦！」陳芳熙鼓勵著，「看著你們一個一個都有對象了，真開心。」

紀緋看著對方真誠的樣子，忍不住也笑了，陳芳熙從大學就是這樣，真誠的樣子讓人對她起不了敵意。

一群女人就這樣聊過將近半個上午，紀緋的衣服也都搞定後，她看著好朋友穿上長長裙擺的白色拖地婚紗，頭上也綴著同款式白紗時，實在是有點感動。

蔚日音，也找到了屬於自己的歸屬了呢，紀緋想著。

一整天婚禮，最忙的莫過於新郎新娘，其次則是伴郎與伴娘，而紀緋的工作尤其繁重，一整天蔚日音換了至少三次禮服，她一定是得幫忙的，當蔚日音渴到快脫水時，她也得適時的拿著有吸管的寶特瓶遞上去，蔚日音人在哪，紀緋就跟到哪，一整天下來，將所有客人都送走後，紀緋只覺得自己快要死掉了，連同蔚日音一起。

兩個男人收拾完外頭後，來到了新娘休息室，看著這兩位已經退下禮服的女人癱死在桌上，相視而笑。

林雨誓輕輕搓了搓紀緋的頭，一邊溫和的對井溫毅笑著，一邊做出敬酒的手勢，「今天都沒有好好跟你們說聲恭喜，失禮了。」

井溫毅則是有趣的看著任憑他戳都沒反應的蔚日音，一邊給了林雨誓一個對敬酒敬謝不敏的手勢，「兄弟別客套了，你今天也跟著我們忙得夠嗆，還差你一個恭喜？」

他現在看到拿酒杯的姿勢都開始怕。

林雨誓看見對方的表情，終於大笑出了聲，井溫毅似乎是有點驚奇，卻又不怎意外。

這還是他第一次看見他這總監笑得這樣放肆，林雨誓雖不是不笑，但在遇見紀緋以前他的所有情緒，都宛如一顆未曾琢磨的璞玉，隱晦內斂，但那耀眼的本質卻又不容忽視。

井溫毅悄悄的在林雨誓耳邊道了幾句，兩位女性早就睡到不省人事了，自然不會聽見井溫毅說了什麼。

「她改變了你很多，阿誓。」

「加把勁啊，我等吃你喜酒喔。」

林雨誓只是隱晦的紅了紅臉，隨即無奈的低聲回應，「我想，但也急不得啊。」

井溫毅瞭然。

紀緋的個性，確實也急不得啊。

兩人各自領了自己女伴回家了，因為要開車，所以林雨誓是滴酒未沾，紀緋睡著也是累出來的。

一回到家，林雨誓將女孩打横抱起安置床上，雖然是下午，但林雨誓不介意在有點不真實的參加完一場婚禮後，跟自己心愛的人睡上一頓下午覺。

紀緋半醒著，朝男人懷裡蹭，軟糯道：「蔚日音今天真的很美，我都忘了誇獎她。」

林雨誓只是淡淡的嗯了聲，嘴角啣著一抹笑意。

那雙湛藍色的眼裡滿載著的都是只屬於女孩的溫柔。

他沒有說出口的是，縱然今天的主角並不是她，但當紀緋穿著簡約的禮服，伴著蔚日音走出來時，他的心神就只停留在她身上，哪有閒暇功夫去看別人老婆？

在他心裡，在他懷裡的那個女孩才是最美的那一位。

或許就像所有人都在催促的那樣，他或許是該下定決心帶著她一起邁入人生的下一個階段了。

只要她願意。

井溫毅跟蔚日音倒是越來越常來找林雨誓他們蹭晚餐了，應該說，蔚日音本來就愛蹭，但後來井溫毅跟著妻子一起來混吃混喝的時間也多了起來，紀緋跟林雨誓的家事都輪著做，今天剛好輪到林雨誓收盤子，紀緋洗碗……雖然林雨誓一度表明自己可以將家事全包辦，但紀緋堅決不肯，只好依著她的意思，各拆了半。

那時候林雨誓還是被紀緋難得的甜言蜜語給收買的——「一人一半，感情不會散啊！」

他因為這句話徹底妥協。

眾人聽著廚房的水聲，井溫毅八卦的個性從不會因為結婚而有所改變，他有點操心的看著眼前的自家主管，突然有點感慨，對方似乎什麼都精明幹練，但總覺得在愛情上，他也是跟自己相同的平凡人啊……

而蔚日音則是悄聲在林雨誓耳旁道了幾句，「林總監啊，紀緋沒有你想像中脆弱，她已經不再是你剛見到時的她了，不要這麼擔心，她早認定你一輩子了。」

或許都因為曾受過傷，那樣深的恐懼都在兩人心底埋藏著。

他們的心底都恐懼著自己如此深愛的一個人，又會以任何一種方式離開自己的身邊，所以在習慣了彼此的存在後，卻遲遲不敢說出共度一輩子的承諾。

蔚日音看見對方似乎是裝作沒聽到，只好苦笑，拉著自家老公就打算走了，「我們就不繼續打擾啦。」

林雨誓笑著送客，待紀緋人走了出來，她就發現蔚日音等人已經走了，一邊拿著乾淨的布擦著手，一邊問著：「他們走啦？今天這麼急？」

林雨誓正若有所思，一時間居然沒聽見。

紀緋覺得奇怪，放下了手巾後，難得主動的從男人背後抱住他，礙於身高差，她看不到對方的臉，但知道對方正在思考事情，「想什麼這麼認真？」

看著從自己身側冒出來的一顆頭，林雨誓寵溺一笑，手按在女孩環在自己腰上的手上，輕輕的握住，「想妳。」

紀緋臉馬上紅了起來，咕噥一聲，「貧嘴。」捏了對方一把，繼續去忙其他事情。

林雨誓的心底速度的盤算了起來，紀緋個性不愛鋪張，求婚那類的事情如果搞得太大場面，一定會惹她生氣，結果肯定是適得其反。

但是……她會答應嗎？

林雨誓搖了搖頭，把這些疑慮通通甩掉，如果真的害怕，他也就不配成為紀緋的伴侶了。

也是時候了。

紀緋覺得林雨誓這幾天怪怪的。

說不上是什麼感覺，他依然每天都會向撒嬌一樣的抱著她，每天晚上一起散步，早上一起出門上班，每天還是會說一些肉麻到讓人臉紅的話去調戲她，但感覺對方很不對勁。

他一定有事情瞞著自己，但有什麼事情他會瞞著自己？

約莫又過了一個禮拜，那種詭異的感覺終於讓紀緋忍不住有點爆發。

「阿誓！你最近到底怎麼了？有什麼事情不能說，非得要這樣藏著？」前一陣子紀緋問他怎麼了，男人依然只是笑著說沒事。

怪到紀緋開始胡思亂想。

「真的沒事。」林雨誓想著，拜託！求婚！他想藏住心事但卻被女孩看出端倪，但這可只能當作是驚喜，他不想讓她知道。

「林雨誓！」紀緋這次是真的生氣了，「是你說過我們之間可以沒有秘密的！我也不求你把所有事情都告訴我，但是你從來就不是一個容易被動搖的人，你以為我不了解你嗎？」

「既然你藏著某些心事還能夠被我察覺，那就不會是沒事！除了喜歡上了別人，你有什麼事情是不能告訴我的嗎！」

林雨誓在聽見「喜歡上別人」之後臉色微變，也有點動怒了，「喜歡上別人？妳這麼說難不成是在影射我背地偷吃不敢承認？」

他最近為了她睡也睡不好，雖然說他也有錯，但話也不需要說的這麼難聽吧？

「我沒有這個意思，我不是……」紀緋突然意識到自己剛剛的失言，而且剛好挑動到男人最敏感的字彙，男人很少會把話說得這麼直白，但這次，他是真的生氣了。

紀緋放棄了辯解，最後低下了頭，輕聲道歉，「對不起。」

林雨誓看著女孩，嘆了一口氣，輕輕的將對方擁入懷裡，「我也有錯，對不起。」

「小紀，我知道妳會不安，但相信我，我不是那種人，我心裡也只有妳一個人，只是這件事情我想給妳一個驚喜，所以不告訴妳，妳就先別追問，好嗎？」

紀緋在男人懷裡點了點頭，還是有點愧疚，仰起頭來，「不生氣？」

林雨誓又嘆了口氣，直接低下頭來吻住女孩的唇，好一陣子後才分開，男人在她耳旁道：「捨不得。」

紀緋雙頰泛紅的笑著，「謝謝。」

男人抱著紀緋，腦裡有點非分之想，但是這樣的心思很快就又被他壓了下去，一如往常，在心裡他又默默地嘆了口氣，只好捏了捏紀緋的鼻子，「時間也不早了，我們去睡覺。」

紀緋乖巧的點頭。

只是對於男人來說，又是一個難以入眠的夜晚。

✚

說真的，林雨誓光是挑婚戒就猶豫了快半個月，井溫毅被自家上司拖去看了很多間店，有許多價值不斐，作工精細的戒指，錢對林雨誓來說不是太大的問題，但是看了很多款式，卻沒一個他中意的，井溫毅看著很挫敗的林雨誓，實在是啼笑皆非，「欸，小紀她又不是會在意價格啊、款式啊這類的人。」

林雨誓當然知道，紀緋如果收到太貴、太奢侈的反而會生氣，所以他才苦惱，因為他想給她最好的。

「我懂你的心思，你自己取捨吧。」井溫毅那時候就沒這苦惱，他人窮，簡單好辦，蔚日音開心就好。

最後，他還是自己大概畫了一張設計草圖，請這方面的朋友幫忙製作了，那是他目前想到最好的方案了。

這幾日這樣折騰起來，倒是讓林雨誓忘記了一件事，但紀緋可是紀的一清二楚，雖然距離那次爭吵已經有一個月久了，但她還是有點自責，自己說話尖銳這件事情不是一天兩天了，但她也正在努力改過。

她還是傷害了林雨誓，加上今天是個有點特別的日子，所以她想要去買個禮物送給他。

所以紀緋趁著林雨誓今天出差，本不需要到公司的她也就去街上逛，看能不能挑個簡單的禮物送給他。

林雨誓其實沒有太多的喜好，他在家裡的時間多半都跟紀緋在玩遊戲、看書還有拉琴。

紀緋想去找關於小提琴的東西送給他，不能送太奢侈的禮物給他，他不太愛收禮物。最後她挑了一個用鋼化鐵線彎曲成的提琴吊飾，簡單精巧，價格也不高，她看了很滿意，而林雨誓也正巧在這一天將朋友連夜趕工的戒指給領了回來，兩人居然就在同一時間到了家。

紀緋看見站在門口，有點偷偷摸摸又手足無措的林雨誓，有點好笑，「你在幹嘛啊？」

林雨誓就像做壞事被抓包，顫了一下，然後看著紀緋乾笑，「沒事，我拿錯副鑰匙開不了門。」

這是實話，但他剛剛還在想要不要按門鈴時，女孩居然就從他背後冷不防嚇了他一跳，幸好戒指什麼的，他早藏在公事包哩，沒露餡，反倒是紀緋，她很少這時間才回家的，都七點了。

「妳今天這麼晚？」林雨誓看著紀緋開門，一邊問著。

「嗯，出去買東西。」紀緋笑了笑，她剛剛還順道去叨擾蔚日音，聊了好一陣子天，才發現天色已晚，急忙趕回來。

林雨誓沒多問，兩人一起進了家門後，開燈，「那晚餐？」

紀緋偏頭思考，現在下廚已經有點晚了，「還是，我們出去吃飯？」

「好啊。」林雨誓脫下西裝外套，裏頭的白色襯衫一絲不苟，將領帶也取下後，看著紀緋將包包放一放，兩人手牽著手出門去吃飯了。

一頓飯，兩人各揣著心事，幾乎沒什麼交談，小吃攤的阿姨還擔心的以為兩人在吵架，在林雨誓去結帳時偷偷拉著他嘮叨，男人也只好哭笑不得。

今天似乎不太適合，太累也太倉促，其實他不覺得需要在什麼風景好氣氛佳的地點求婚，但不會是今天，林雨誓看得出來紀緋已經有點累了，而且心情不算很好。

殊不知紀緋身周有點冷淡的氛圍是因為她在想要怎麼把禮物送給他，後來想想，就一句簡單的生日快樂應該就可以了，她也不想要太矯情，最重要的是心意啊。

兩人又一路無話的回到家，林雨誓看著一回家馬上衝進房間的紀緋，有點好笑，等紀緋再出來時，男人拍了拍自己身旁的空位，紀緋也就過去坐下了。

「今天誰惹妳不開心了？」林雨誓寵溺的還住了她，「我嗎？」

紀緋連忙澄清，「沒有啦，我只是在想事情。」

「什麼事情想這麼入神？」男人捏了捏她的臉頰，觸感很好，他從以前到現在都很愛不釋手。

「等我一下。」紀緋掙脫男人的魔掌，又跑去拿了一個盒子出來，遞給了林雨誓，露出了一個很可愛的笑容，「生日快樂。」

林雨誓才想起今天是自己的生日，接下了盒子後，露出了一種被融化了的表情。

從他母親過世後，就再也沒人幫他過生日了。

畢竟他不屑他的父親幫忙過，林雨央對於過節也完全沒有興趣，連他自己都不過生日，也不會記得幫弟弟過。

林雨誓小心的開了盒子，是一個很可愛的小提琴吊飾，確實很像紀緋會送的東西，其實她送什麼都無所謂，有這份心意就足夠他樂上一整個禮拜了。

紀緋有點愧疚的開口，「我準備的有點倉促，沒有很周到，也沒來得及烤蛋糕……」男人用力的抱住了女孩，沒給她繼續自責的機會，他的手收的很緊，好似要將女孩完全佔有一樣，紀緋只聽見男人壓抑的道著：「謝謝妳。」

紀緋將頭輕輕撇過，看著窩在自己頸間的林雨誓，有點調皮的道：「雖然沒有蛋糕，但你還是可以許願。」

林雨誓難得促狹地笑了笑，「真的？」

紀緋雖然覺得有這笑容，一定不是什麼好事，但還是艱難的點頭。

「把眼睛先閉上。」林雨誓帶笑的嗓音搔得紀緋很癢，紀緋依約將眼睛閉上，感覺得到男人站了起來，但她仍然壓抑住自己的好奇心，沒睜開。

然後紀緋感覺到男人溫熱厚實的手掌輕輕的托起了自己的左手，一股清涼又有點沉的觸感套上了自己的無名指，紀緋心頭一顫，訝異的睜開了眼睛，直直對上那帶笑的藍眼，林雨誓像是鑑定珠寶一般的看著她的手，滿意得很，「太好了，果然剛好。」

紀緋整個人都還處於一種被雷打到的驚嚇狀態，林雨誓忍不住笑了出來，另一手輕輕的撫上了她的臉，「妳，就是我今年想要的生日願望。」

紀緋的臉徹底炸紅，腦袋一片空白。

林雨誓這是在向她求婚嗎？

她的眼眶忍不住紅了起來，有點不敢置信。

她真的有資格……跟林雨誓，過一輩子？

「嫁給我，好嗎？」林雨誓輕輕的握住了紀緋戴上戒指的那隻手，一如往常的溫柔。

紀緋開心到說不出話，只能一邊哭一邊點頭。

林雨誓又再次將泣不成聲的女孩擁入懷裡，一邊順著對方的背，有點心疼，心裡卻又忍不住泛著甜甜的情緒，「怎麼哭成這樣？栽在我手上有這麼難過嗎？」

紀緋拚命的搖著頭。

「那是怎麼了？」

紀緋斷斷續續的說著，「因、因為……太開心了。」

看見女孩哭成這樣，林雨誓的心裡軟得一蹋糊塗，因為他知道，以前的紀緋過得有多辛苦。

「笨蛋。」林雨誓輕輕的拍著她的背，「今天之後就不准再哭了，我會讓妳每天都幸福到哭不出來。」

紀緋聽見這句話，哭得更大聲了。

她何其幸運，能夠在這樣的人生裡，遇見這樣好的一個人？

常叔叔，我現在，過得很幸福。

你們不需要再擔心我了，紀緋在心裡如此想著，一邊用力的環住了林雨晢的腰。

這一次，她會好好抓住這只屬於她的幸福，再也不放手。

要青春60　PG2247

要有光
FIAT LUX

似誓而緋

作　　者	橘　牧
封面插畫	雨　謙
封面題字	沈書璃
責任編輯	林昕平
圖文排版	林宛榆、莊皓云
封面完稿	蔡瑋筠

出版策劃	要有光
發 行 人	宋政坤
法律顧問	毛國樑　律師
印製發行	秀威資訊科技股份有限公司 114台北市內湖區瑞光路76巷65號1樓 電話：+886-2-2796-3638　傳真：+886-2-2796-1377 http://www.showwe.com.tw
劃撥帳號	19563868　戶名：秀威資訊科技股份有限公司 讀者服務信箱：service@showwe.com.tw
展售門市	國家書店（松江門市） 104台北市中山區松江路209號1樓 電話：+886-2-2518-0207　傳真：+886-2-2518-0778
網路訂購	秀威網路書店：https://store.showwe.tw 國家網路書店：https://www.govbooks.com.tw
總 經 銷	聯合發行股份有限公司 231新北市新店區寶橋路235巷6弄6號4F 電話：+886-2-2917-8022　傳真：+886-2-2915-6275

出版日期	2020年5月　BOD一版
定　　價	300元

Printed in Taiwan

國家圖書館出版品預行編目

似誓而緋 / 橘牧作. -- 一版. -- 臺北市 : 要有光, 2020.05
面 ;　公分. -- (要青春 ; 60)
BOD版
ISBN 978-986-6992-33-9(平裝)

863.57　　108019678

讀者回函卡

感謝您購買本書，為提升服務品質，請填妥以下資料，將讀者回函卡直接寄回或傳真本公司，收到您的寶貴意見後，我們會收藏記錄及檢討，謝謝！

如您需要了解本公司最新出版書目、購書優惠或企劃活動，歡迎您上網查詢或下載相關資料：http:// www.showwe.com.tw

您購買的書名：______________________________

出生日期：________年________月________日

學歷：□高中（含）以下　□大專　□研究所（含）以上

職業：□製造業　□金融業　□資訊業　□軍警　□傳播業　□自由業

□服務業　□公務員　□教職　□學生　□家管　□其它_____

購書地點：□網路書店　□實體書店　□書展　□郵購　□贈閱　□其他

您從何得知本書的消息？

□網路書店　□實體書店　□網路搜尋　□電子報　□書訊　□雜誌

□傳播媒體　□親友推薦　□網站推薦　□部落格　□其他__________

您對本書的評價：（請填代號　1.非常滿意　2.滿意　3.尚可　4.再改進）

封面設計____　版面編排____　內容____　文／譯筆____　價格____

讀完書後您覺得：

□很有收穫　□有收穫　□收穫不多　□沒收穫

對我們的建議：______________________________

____

____

____

請貼
郵票

11466
台北市內湖區瑞光路 76 巷 65 號 1 樓

秀威資訊科技股份有限公司 收

BOD 數位出版事業部

....

（請沿線對折寄回，謝謝！）

姓　　名：________________　　年齡：________　　性別：□女　□男

郵遞區號：□□□□□

地　　址：____

聯絡電話：(日) ________________　(夜) ________________

E-mail：____